BIBLIOTHÈQUE
MORALE DE LA JEUNESSE

MEGARD E[illegible]
ROUEN

BIBLIOTHÈQUE MORALE

DE

LA JEUNESSE

—

SÉRIE PETIT IN-8°

Sophie! chère Sophie! dit Lucile, que je
suis heureuse de te voir!

UNE

VÉRITABLE AMIE

PAR

Victor DELCROIX

ROUEN

MÉGARD ET Cᵉ, LIBRAIRES-ÉDITEURS

1885

Propriété des Éditeurs,

UNE VÉRITABLE AMIE.

I.

Dans un petit salon meublé avec une élégante simplicité, quatre jeunes filles travaillaient autour d'une table, sur laquelle étaient épars des pelotons de fil ou de soie, des ciseaux, des boutons, des ganses de diverses couleurs Un beau soleil de printemps, glissant quelques-uns de ses rayons à travers les rideaux brodés, caressait les têtes des jolies ouvrières et faisait chatoyer les étoffes étalées sur leurs genoux.

Elles causaient gaiement et sans aucune prétention ; cependant, à cette causerie fine, aimable, spirituelle, il était facile de reconnaître qu'elles avaient reçu ce qu'on appelle une brillante éducation.

La porte s'ouvrit. Une femme encore jeune, souriante et distinguée, entra, donnant la main à une fillette de quatorze à quinze ans.

— Bonjour, Charlotte ! s'écrièrent à la fois Sophie, Mathilde et Rosa, en se levant, pour embrasser la nouvelle venue.

— Bonjour, mesdemoiselles ! répondit Charlotte ; je suis bien joyeuse de vous revoir. Vous me manquiez là-bas, et la campagne me paraissait triste, malgré toute sa beauté.

— Tu parais mieux portante, reprit Sophie, en lui faisant place entre elle et Mathilde.

— Cela va bien maintenant. Je ne souffre plus.

— Il ne faut pas trop travailler, mon enfant; car j'ai peur que vous ne soyez pas encore guérie. D'abord, aujourd'hui vous êtes fatiguée du voyage, et j'exige que vous vous reposiez, dit Mme Lemire, la maîtresse de l'atelier.

— Assieds-toi là, dit Mathilde ; tu m'aideras à mesurer la hauteur de ces volants.

— Puis tu me démêleras cet écheveau de soie, ajouta Rosa. Tu couperas ensuite du liseré pour Sophie, et tu nous rendras service sans te fatiguer.

— Et vous, Lucile, n'avez-vous rien à demander à Charlotte? reprit Mme Lemire. Ne vous gênez nullement, la compagne que je vous amène met tout son plaisir à obliger les autres.

— Mademoiselle ne me connaît pas, répondit Lucile.

— Appelez-moi Charlotte, je vous en prie, mademoiselle, et disposez de moi comme il vous plaira. Je suis au service de Mme Lemire et de toutes ses élèves.

— Que dites-vous donc, chère enfant ? Vous n'êtes pas à mon service ; vous êtes ma fille d'adoption.

— Pardon, madame.... Votre bonté ne doit pas me faire oublier la profonde misère dont vous m'avez tirée, et il est bon que Mlle Bertin sache que sa mère a plus d'une fois fait l'aumône à la mienne.

— C'est donc pour cela que vous savez mon nom ?

— Oh ! je vous ai vue bien souvent. Avant la mort de ma pauvre maman. j'habitais avec elle une petite chambre humide et basse, au fond de la cour de M. Bertin. Vous passiez devant nous pour aller au jardin, et vous me donniez de temps en temps des fruits ou des gâteaux.

— Cette petite fille qui tricotait sans relâche, assise sur le seuil de la porte, c'était donc vous, et la pauvre femme dont on apercevait, à la fenêtre, la figure amaigrie, c'était votre mère ? demanda Lucile.

Charlotte inclina la tête, en essuyant ses larmes.

— Je ne vous aurais pas reconnue, reprit Lucile avec un peu de hauteur. Vous avez beaucoup changé.

— Grâce aux bontés de Mme Lemire, qui m'a recueillie, pour m'apprendre un état, et qui ne veut plus maintenant se séparer de moi. Ces vêtements sous lesquels vous auriez hésité à me reconnaître, c'est elle qui me les a donnés. Elle veut que je les porte ; mais ils ne me feront jamais oublier la pauvreté dont j'ai tant souffert.

— Nous avons beaucoup travaillé depuis le matin, reprit Mme Lemire, après avoir examiné l'ouvrage des jeunes filles. Vos garnitures sont parfaitement plissées, Rosa. Vous , Mathilde, vous avez très bien préparé votre volant, et Sophie a fait ses boutonnières à merveille. Vous serez bientôt d'excellentes ouvrières, auxquelles je n'aurai plus rien à apprendre. Puisque vous vous êtes tant appliquées en mon absence, je vous donne congé pour tout le reste de la journée.

— C'est sans doute pour fêter l'arrivée de Mlle Charlotte que ce congé nous est accordé, murmura Lucile, en faisant une moue dédaigneuse.

Et elle alla s'asseoir à l'écart, sans quitter son ouvrage, tandis que ses compagnes repliaient gaiement le leur et faisaient le tour du salon, en riant et en chantant.

1.

Mathilde ouvrit le piano et commença un quadrille, Sophie prit la main de Charlotte, et Rosa courut prier Lucile de danser avec elle Lucile n'était pas de bonne humeur, elle refusa ; mais Mme Lemire alla prendre la place de Mathilde et la chargea de servir de cavalier à la petite Rosa. Les quadrilles se seraient sans doute succédé longtemps ; mais à peine le second était-il achevé, que Charlotte s'affaissa toute pâle et tout essoufflée sur le canapé.

— Chut ! dit-elle à ses amies, qui l'entouraient avec inquiétude ; ne dites rien, je vous en prie. Un peu de fatigue et de chaleur, voilà tout. Cela va se passer dans un instant.

Mme Lemire venait de sortir. Elle rentra presque aussitôt et voulut se remettre au piano. Les jeunes filles la remercièrent, et Mathilde versa sur la table une grande carte de France, découpée en jeu de patience.

— Viens donc avec nous, Lucile, dit Sophie. Si tu ne nous aides pas, il nous faudra plus d'une heure pour replacer tous ces morceaux.

— Que vous importe, puisque vous avez la journée à vous ? répondit Lucile.

— Tu n'es pas aimable aujourd'hui, ma chère, reprit Sophie.

— J'ai sans doute mes raisons pour cela, répliqua Lucile, en jetant à la dérobée un coup d'œil sur Charlotte, qui, un peu remise de son malaise, était venue s'asseoir devant la table, entre Sophie et Rosa.

Rosa lui tenait la main gauche, et l'un des bras de Sophie entourait sa taille. On eût dit que les deux jeunes filles ne pouvaient lui témoigner assez d'intérêt et d'amitié. Les mêmes sentiments se lisaient dans les yeux de Mathilde, placée en face de Charlotte.

— Que leur a donc fait à toutes cette petite mendiante ? se disait Lucile. C'est elle qui règne ici, et nous ne sommes que ses très humbles servantes. Mais j'aurai plus de cœur que ces demoiselles, et toutes les fois qu'elle sera d'une partie, je refuserai de m'en mêler. Je ne suis pas faite pour jouer avec des gens de cette espèce, et je trouve fort inconvenant que Mme Lemire la traite comme notre égale.

— A quoi pensez-vous donc, ma chère Lucile? lui demanda Mme Lemire, en prenant une chaise voisine de la sienne. Vous me paraissez bien triste, pendant que vos amies sont si gaies.

— On m'a toujours reproché, madame, d'avoir le caractère un peu sombre.

— Eh bien! Lucile, vous avez tort. Un caractère enjoué donne beaucoup de charme à celle qui le possède, et il contribue au bonheur de tout ce qui l'entoure. C'est quelque chose, ma chère enfant, que d'aider au bonheur des autres. Allez donc vous joindre à vos amies, quand ce ne serait que pour leur faire plaisir.

— Si c'est un ordre que vous me donnez, madame, je vous obéirai.

— Ce n'est qu'un conseil, Lucile, et vous êtes libre de ne pas le suivre.

— Merci, madame. Je profite avec reconnaissance de la permission que vous me donnez.

— Je ne voudrais pas que la récréation dont j'ai voulu vous gratifier toutes devînt une pénitence pour vous. Mais vous m'étonnez, Lucile, en me disant que votre caractère est un peu sombre; Mlle Bertin, votre tante, m'a parlé de vous comme d'une charmante personne, à laquelle on ne peut guère reprocher qu'un peu d'étourderie et de vanité.

— Ma tante me fait beaucoup d'honneur, répondit Lucile avec ironie. Parce que j'ai été étourdie, comme tous les enfants, elle se persuade que je le suis encore. Quant à la vanité, je crois que je n'en ai pas.

— Je l'espère aussi, ma chère amie ; car la vanité est souvent la compagne de la sottise.

Lucile rougit beaucoup, ce qui n'échappa point à Mme Lemire.

— Oui, continua-t-elle, j'espère que vous n'avez point un si ridicule défaut. Vous avez trop d'esprit et trop de cœur pour vous enorgueillir des avantages que vous n'avez pu vous procurer à vous-même. Si vous possédez quelques agréments extérieurs, vous n'y avez en rien contribué ; si vous avez une fortune qui vous permette de porter d'élégantes toilettes, c'est votre père qui l'a gagnée par son travail, et vous n'avez rien fait, depuis que vous êtes au monde, pour augmenter l'aisance dont vous jouissez. Ce serait donc une injustice à vous d'en être fière.

— Sans doute, dit Lucile, en rougissant toujours.

— Et si cette vanité vous faisait regarder avec dédain des jeunes filles moins bien partagées que vous, sous quelque rapport que ce fût, cette injustice serait plus coupable encore. Vous comprenez, ma chère Lucile, que, quand je dis vous, je parle de toute personne atteinte du défaut dont nous nous occupons.

— C'est ma tante qui me vaut ce petit sermon ; je l'en remercierai tantôt, dit Lucile d'un ton piqué.

— Je cause avec vous comme cela m'arrive souvent avec vos compagnes, reprit Mme Lemire. Si je vous avais blessée, je le regretterais, mon enfant.

— Non, madame ; si vous m'aviez blessée, j'aurais réellement beaucoup de vanité.

— Ce serait de l'amour-propre. Entre ces deux sentiments, la distinction est subtile ; mais nous avons tous plus ou moins d'amour-propre, c'est-à-dire de cette estime de nous-mêmes qui nous fait supporter impatiemment le moindre reproche ou le plus léger soupçon. L'amour-propre bien réglé, bien dirigé, peut être utile ; la vanité ne l'est jamais.

Il est temps que nous disions à nos lecteurs ce que c'était que Mme Lemire, qu'ils auront peut-être prise pour une maîtresse de pension. Elle n'avait pas droit à ce titre, qu'elle eût trouvé trop ambitieux. Elle se contentait de celui de maîtresse couturière, et elle travaillait pour un grand magasin de confection de la rue Saint-Denis.

Fille d'un magistrat de province, elle s'était fait admirer, dans sa ville natale, par sa grâce et sa beauté, aimer par sa modestie et le charme de son caractère, bénir par son ingénieuse charité. Le lieutenant Lemire, fils d'un ancien ami de son père, la demanda en mariage, et, comme elle n'avait pas la dot exigée par le gouvernement pour les femmes d'officier, il la lui reconnut, heureux de ne pas rencontrer d'autre obstacle à cette union ardemment désirée.

Dix ans après, ils s'aimaient, se comprenaient comme au premier jour, et deux beaux enfants, grandissant sous leurs yeux, égayaient leur paisible ménage. Tant de bonheur effrayait par instants Mme Lemire et lui faisait craindre une catastrophe. Elle arriva plus terrible et plus complète qu'elle n'eût osé se la figurer.

En quelques heures, le croup enleva sa fille, et huit jours après, son petit garçon succombait à une fièvre cérébrale. La pauvre mère ne devait jamais se consoler.

M. Lemire, qui avait paru d'abord moins affligé que sa femme, avait toutefois reçu un coup dont il ne se releva pas. Il languit pendant quelques années, puis il s'éteignit, en bénissant celle qui l'avait soigné, soutenu et consolé dans cette longue maladie.

Le premier mois de son deuil finissait quand elle

apprit que le notaire auquel sa dot avait été confiée venait de disparaître, sans rien laisser à de nombreux créanciers. M. Lemire, sachant que cette somme devait suffire à sa veuve, dont les goûts étaient des plus modestes, ne s'était pas occupé de lui assurer une partie de son bien. Elle se trouva donc sans autres ressources qu'une pension dont le chiffre n'atteignait pas 600 fr. C'était presque la misère pour Mme Lemire, qui avait vécu jusque-là dans l'aisance ; mais elle avait trop de chagrin pour tenir encore à quoi que ce fût. Elle avait même fait choix d'une maison de charité où elle finirait ses jours, en partageant les travaux des bonnes sœurs, quand elle vit arriver chez elle une pauvre femme courbée sous le poids des ans et de la douleur.

Elle reconnut l'ancienne servante de ses parents, celle qui avait pris soin de son enfance, et elle lui ouvrit les bras avec attendrissement.

— Tu sais que je suis seule au monde, ma bonne Catherine, lui dit-elle, et tu viens me consoler.

— Seule au monde !.. répéta Catherine. M. Lemire est-il donc mort ?... Ah ! ma chère dame, ne pleurez pas, je vous en supplie. Me voici bien désolée de vous avoir parlé de votre malheur. Mais je ne le connaissais pas, et je venais vous raconter le mien.

— Que t'est-il arrivé, Catherine ? Dis-le-moi. Je t'aime trop pour n'en être pas touchée.

— Ah ! madame, je sais bien que vous êtes la bonté même. Voici donc la chose. Le feu a pris, il y a huit jours, à la petite maison que monsieur le président, Dieu lui fasse paix ! m'avait laissée pour me récompenser de mes bons services. C'est lui qui disait cela, le digne maître ; car il ne me devait rien du tout, m'ayant toujours payé mes gages, à preuve que j'avais prêté 4,000 fr. à quelqu'un du pays qui m'en avait fait un billet. Mes 4,000 fr. me rapportaient 200 fr. de rente ; je louais ma cave, mon grenier et une chambre dont je pouvais me passer, le tout pour 100 fr. ; ce qui m'en faisait 300. Avec ça, j'étais logée, et, en filant pour celui-ci, en tricotant pour celui-là, je pouvais vivre sans rien demander à personne, tandis qu'aujourd'hui je suis la plus malheureuse du monde.

— Tu n'avais donc pas fait assurer ta maison ?

— Mon Dieu ! non. Je pensais que ce serait de l'argent perdu. J'avais tant de soin de bien couvrir mon feu et de n'aller nulle part sans ma lanterne.

— Et tout a brûlé, ma pauvre Catherine ?

— Tout, madame, tout, jusqu'au dernier fil de mon linge et de mes habillements, jusqu'au dernier morceau de mes meubles, qui venaient aussi de mes chers maîtres.

— Mais il te reste tes 4,000 fr., ma bonne....

— Hélas ! non, madame. Le billet a brûlé comme le reste ; et quand celui qui me doit l'a su, il a refusé de me payer.

— Quelle indignité !

— Oui, c'est une infamie, dont je ne l'aurais jamais cru capable. Mon argent ne lui profitera pas ; mais en attendant, je suis sans asile et sans pain. C'est pourquoi j'ai pensé à vous, ma chère dame.

— Tu as bien fait de venir, Catherine. Ma maison sera la tienne, et je partagerai volontiers avec toi le peu que je possède.

— Le peu que vous possédez.... Mais vous êtes riche, n'est-ce pas, madame ? On le dit chez nous, et je l'ai cru.... Sans cela, je n'aurais jamais eu l'idée de me mettre à votre charge.

— Eh ! sans doute, ma bonne, je suis riche, reprit Mme Lemire. Quand on dit : Le peu que je possède, c'est une manière de parler.

— Excusez-moi, madame ; je n'entends pas grand'-chose au beau langage, et j'ai pensé bêtement qu'on vous avait peut-être, comme à moi, fait tort de ce que vous aviez. Depuis que j'ai vu ça, il me semble que tout est possible.

— Ne te désole pas , Catherine. Celui qui t'a volée peut avoir des remords.

— Je le souhaite, autant pour lui que pour moi, et même davantage. Me voilà bien à plaindre, vraiment ! J'étais toute seule là-bas, et je vas à présent vivre auprès de vous que j'aime de tout mon cœur. Si je voyais mon voleur, je l'embrasserais volontiers, pour le remercier du bien qu'il m'a fait sans le savoir.

— Je lui dois aussi la première consolation que j'aie goûtée depuis la mort de mon mari.

Mme Lemire disait vrai. Pendant la longue maladie du capitaine, elle avait tellement pris l'habitude de s'oublier et de se dévouer pour lui, qu'elle avait cessé de s'occuper d'elle-même. Un grand vide s'était donc fait dans son cœur, et la pensée de n'être plus nécessaire à personne rendait sa tristesse plus amère et plus profonde.

Elle se promit donc de ne jamais abandonner la pauvre femme. Tou efois ce n'était pas avec sa modique pension qu'elle pouvait suffire aux besoins de deux personnes, surtout à Paris Elle résolut d'aller se cacher au fond d'une campagne, et d'y vivre du travail de ses mains. La réflexion lui fit comprendre que les frais de déplacement et d'installation absorberaient ses ressources, et qu'elle ne trouverait peut-être que difficilement à s'occuper dans un village, elle qui n'entendait rien aux rudes labeurs des champs.

Elle songea ensuite à se faire recevoir institutrice ; la crainte des examens la retint. Elle aurait pu donner des leçons de musique ou de dessin ; mais elle était si timide, qu'elle tremblait à l'idée d'aller chez ses élèves et d'y rencontrer quelquefois nombreuse compagnie. Elle prit le parti le plus modeste, en demandant à son aiguille ce qu'elle n'osait attendre de ses talents. Elle avait beaucoup de goût et d'adresse. Même au temps de sa prospérité, elle s'amusait à tailler, à façonner ses vêtements, et l'on disait qu'aucune dame n'était mieux habillée qu'elle.

Un fabricant de confections se l'attacha, dès qu'il eut reconnu son savoir-faire. Il lui fit des offres avantageuses pour la décider à rester au magasin ; mais elle aima mieux gagner moins et garder sa liberté.

Elle travaillait seule chez elle depuis quelques semaines, quand une dame, qui l'estimait beaucoup, obligée de faire un long voyage, la pria de se charger de sa fille, pendant son absence. Mme Lemire ne put refuser : Rosa devint sa pensionnaire et son élève. Mathilde, la meilleure amie de Rosa, voulut apprendre à travailler avec elle ; puis ce fut le tour de Sophie, et enfin celui de Lucile.

II.

Lucile était la fille d'un fabricant de bougie, qui avait amassé dans cette industrie une fortune considérable. Veuf depuis longtemps, M. Bertin, entièrement occupé de ses affaires, n'avait pu donner que peu de soins à l'éducation de ses enfants. Il avait placé auprès de Marguerite, sa fille aînée, une gouvernante qui lui avait été recommandée par un de ses clients, et il avait mis son fils au collège. Quant à Lucile, qui était beaucoup plus jeune que Marguerite, et dont la santé donnait des inquiétudes, il l'avait conduite à la campagne chez son frère aîné, qui faisait valoir les terres de l'héritage paternel.

— Laissez lui faire tout ce qu'elle voudra, ne la contrariez jamais, avait-il dit à son frère et à sa belle-sœur. Qu'elle coure, qu'elle joue du matin au soir, c'est l'ordonnance du médecin

Lucile observa si fidèlement cette ordonnance, qu'à l'âge de dix ans, elle ne savait pas encore lire. Il est vrai que, jusque-là, ni le bon air des champs ni l'exercice n'avaient pu la fortifier, et qu'on jugeait inutile de faire étudier une enfant qui ne devait pas vivre. Mais tout d'un coup sa taille si chétive se développa ; sa tête, qu'elle paraissait ne pouvoir soutenir, se redressa, et de belles couleurs remplacèrent la pâleur de ses joues. Mlle Victoire Bertin, sa tante, qui vivait auprès de son frère aîné, et qui avait prodigué à la petite malade les plus tendres soins, jugea qu'il était temps de s'occuper de l'instruction de Lucile.

Elle écrivit en ce sens à M. Bertin, qui la pria de lui ramener sa fille, dont la gouvernante de Marguerite consentait à se charger. Mlle Victoire partit aussitôt, après avoir laissé comprendre à son frère et à sa belle-sœur qu'il faudrait peu d'instances pour la décider à rester à Paris ; car elle aimait beaucoup Lucile, et elle se sentait toute disposée à chérir Marguerite, dont on lui avait dit le plus grand bien.

Mlle Bertin était une personne de grand mérite. Elle joignait un rare bon sens à un excellent cœur et aux sentiments les plus élevés ; mais, ayant passé presque toute sa vie à la campagne, elle était fort simple dans ses manières, dans son langage et dans sa toilette. Elle fut éblouie du luxe qui régnait chez son frère, et stupéfaite de trouver dans sa nièce, alors âgée de dix-sept ans seulement, un aplomb qu'elle-même se sentait incapable d'acquérir.

Marguerite ne possédait aucune des grâces qui rendent une jeune fille aimable. Son caractère décidé et la bonne opinion qu'elle avait d'elle-même se montraient dès la première entrevue à l'œil le moins observateur, et plus on la connaissait, moins on éprouvait de sympathie pour elle ; car on ne tardait point à reconnaître son orgueil et son égoïsme.

Son père seul ne voyait pas ce qu'il y avait en elle

de défectueux. Il l'adorait telle qu'elle était, et la regardait comme l'idéal de la perfection. Cette erreur pouvait, sinon se justifier, du moins s'expliquer jusqu'à un certain point. M. Bertin n'avait pas toujours été riche ; il n'avait pas vu le monde ; et son éducation ayant été très incomplète, il prenait pour le suprême bon ton l'assurance de sa fille. Il était fier de sa beauté, de ses talents, de son savoir, que la rusée gouvernante louait sans cesse ; et quoique Marguerite se permît de lui donner des ordres comme au dernier de ses serviteurs, il ne trouvait pas qu'elle abusât de l'autorité qu'il lui avait abandonnée.

Il est vrai que M. Bertin s'entendait mieux à gouverner sa fabrique que sa maison, et qu'en se chargeant de ce soin, Marguerite le délivrait d'un grand souci. Il est encore vrai que sa fortune et la prospérité toujours croissante de ses affaires lui permettaient de ne rien refuser à sa fille. Marguerite en usait largement : elle avait une voiture, des chevaux, un cocher, un laquais, une femme de chambre, des bijoux de princesse et des toilettes ébouriffantes.

Mlle Victoire vit tout cela avec autant de mécontentement que de surprise, et elle ne chercha point à dissimuler avec son frère. Le négociant la laissa dire ; puis il répliqua, en souriant avec bonhomie :

— Ne t'inquiète pas de cela, ma bonne Victoire. Je suis assez riche pour ne pas compter avec Marguerite, et j'aime tant sa belle humeur, que, quand je ne serais pas riche, j'aurais toutes les peines du monde à m'en priver.

— Pour jouir de sa belle humeur, il ne faut donc rien lui refuser ?

— Tu l'as dit. Que veux-tu, ma sœur ? Je l'ai un peu gâtée : c'est si bon de faire plaisir à ceux qu'on aime.

— Mais, mon ami, si, en faisant plaisir à Marguerite, tu lui causes un tort véritable, n'aura-t-elle pas plus tard à te reprocher ta faiblesse?

— Tu veux dire que si elle dépense beaucoup, sa fortune sera diminuée d'autant; mais tu te trompes, ma chère. Au lieu de me retirer du commerce, comme je pourrais le faire, je le continuerai un an, deux ans, quinze ans, toute ma vie, s'il le faut, pour que Marguerite ne soit jamais obligée de s'imposer une privation.

— Tu parles toujours de Marguerite; oublies-tu donc tes autres enfants?

— Sois tranquille, je les aime tous également; mais Paul étudie encore, et Lucile est si jeune.... Plus tard, je ferai pour eux ce que je fais pour Marguerite.

— Et tu croiras leur donner une preuve de ton amour. Va, pauvre père, tu es bien aveugle; car, en voulant faire le bonheur de tes enfants, c'est leur malheur que tu prépares.

Là-dessus, Mlle Bertin dit à son frère tout ce que sa raison et sa tendresse pouvaient lui inspirer. Il l'écouta patiemment; puis, quand elle crut l'avoir convaincu, il lui serra les mains, en murmurant à son oreille :

— Tais-toi, Victoire! c'est ton amitié pour nous tous qui te fait parler; donc je ne t'en garde pas rancune. Je voudrais pouvoir suivre tes conseils, quand ce ne serait que pour te prouver que je t'aime aussi; mais contrarier Marguerite est une chose impossible.

— S'il est vrai que tu désires me donner une preuve de ton affection, cela te sera facile, reprit Mlle Bertin. Ne parlons plus de Marguerite; il est peut-être, en effet, trop tard pour remédier à ce que son éducation a eu de mauvais et de dangereux; mais permets-moi de continuer à diriger Lucile comme je l'entendrai. Elle m'appartient bien un peu, cette enfant; car c'est moi qui l'ai soignée et qui l'ai guérie. Si elle était restée chez toi, si elle n'avait eu autour d'elle que des domestiques, elle serait morte assurément. Laisse-la-moi, puisque je l'ai sauvée.

— Tu as été sa seconde mère, je le reconnais; mais comment veux-tu que je te la laisse? Lucile aura quelque jour une fortune qui lui assurera une position dans le monde. Elle y sera gauche, empruntée, ridicule, si elle n'a vécu jusqu'à son mariage qu'avec des gens de la campagne. Elle manquera d'instruction, de talents d'agrément, et, quand elle reviendra près de Marguerite, elle aura tout au plus l'air d'être sa femme de chambre.

— Ai-je donc cet air-là? demanda en riant Mlle Bertin. Il faut convenir que tu ne te mets guère en frais de compliments pour moi.

— Oh! ma sœur, tu seras toujours à mes yeux ce qu'il y a de plus digne et de meilleur au monde. Toi et moi nous sommes déjà du bon vieux temps; on nous pardonne de n'être pas tout à fait à la hauteur du siècle; mais on est plus exigeant pour la jeunesse.

— Rassure-toi : je ne prétends pas me charger seule de l'éducation de Lucile. Je renoncerai même à m'en occuper, dès que je l'aurai remise en bonnes mains. Si sa sœur est instruite, je veux qu'elle le soit aussi. Elle aura de bonnes manières, des talents d'agrément, et quand elle reviendra chez toi, si elle est plus modeste que Marguerite, elle n'en sera ni moins distinguée ni moins aimable.

Lucile entra malgré elle en pension. Elle se plaisait déjà fort bien chez son père, où l'on s'étudiait à satisfaire tous ses caprices. Ce n'était pas que Marguerite fût très bonne pour sa jeune sœur; mais elle se plaisait à la parer, comme une jolie poupée, pour la montrer aux Tuileries ou dans le salon de son père. Puis elle lui laissait la liberté de toucher à tout dans la maison, d'essuyer ses bottines crottées sur le satin des meubles, d'acheter tous les jouets dont elle avait la fantaisie, et de les briser dès que cette fantaisie était passée.

Lucile pleura beaucoup en quittant son père et sa sœur ; mais elle n'osa pas résister à sa tante, parce qu'elle l'aimait, et qu'elle avait pris depuis longtemps l'habitude de lui obéir.

Elle s'ennuya d'abord en pension ; puis, le désir de s'instruire lui étant venu, elle commença de s'y plaire, et elle fit de rapides progrès, qui changèrent son goût pour l'étude en une sorte de passion. Ses maîtresses avaient plutôt à modérer son ardeur qu'à l'exciter. Bientôt même elle embrassa son aînée, en lui rendant compte de ses travaux, en lui demandant des explications que Marguerite était incapable de donner.

Mlle Bertin triomphait ; mais elle se gardait bien de le laisser voir, Lucile ayant assez d'orgueil pour qu'on craignît de lui donner des éloges. C'était à peu près son seul défaut ; mais on dit que c'est le père de tous les vices, et la bonne tante ne se souciait pas de voir éclore une telle famille. Elle encourageait donc sa nièce à travailler, non pour surpasser les autres ou pour obtenir des distinctions et des récompenses, mais pour s'acquitter de son devoir. Lucile écoutait sans murmurer cette morale, mais elle avait l'esprit trop léger pour que l'impression qu'elle en recevait fût bien profonde. Elle étudiait, parce que l'étude lui plaisait, et que chaque difficulté surmontée devenait pour elle un nouvel attrait.

Cela dura quatre ans, après lesquels Lucile, n'ayant plus de compagnes aussi instruites qu'elle, perdit l'émulation qui l'avait sans cesse poussée en avant, et se persuada que ses maîtresses n'avaient plus grand'chose à lui apprendre. Profitant d'une absence de sa tante, elle pria son père de la retirer de pension, ce qui fut fait aussitôt.

Lucile ne trouva pas dans la maison paternelle l'accueil qu'elle s'attendait à y rencontrer. Elle était devenue belle, grande et forte ; elle parlait peu, mais elle parlait bien, et elle savait se présenter sans gaucherie, comme sans assurance. Les habitués du salon de sa sœur la vantaient avec un enthousiasme qui blessa profondément l'altière Marguerite. Elle se dit que la comparaison qu'on ne manquerait pas d'établir entre elle et sa sœur ne serait point à son avantage, et elle ne songea plus qu'aux moyens d'éloigner Lucile.

On dit que l'amour-propre est un ballon gonflé de vent d'où la moindre piqûre fait sortir des tempêtes. Marguerite avait gâté sa sœur, tant qu'elle n'avait vu dans Lucile qu'un jouet sans conséquence. Quand elle se sentit sur le point d'être éclipsée et réduite à jouer le second rôle dans la maison de son père, elle s'irrita, s'indigna contre cette sœur, qui devenait sa rivale, et les tempêtes éclatèrent.

Marguerite n'avait pas un mauvais cœur ; mais elle s'aimait trop elle-même pour se réjouir des succès d'autrui. La jalousie la rendait dure, hautaine, capricieuse ; elle refusait à Lucile les choses les plus raisonnables, la traitait avec un dédain révoltant, et ne cherchait que l'occasion de la prendre en faute, pour la railler ou l'humilier. Lucile, ne sachant à quoi attribuer de si mauvais procédés, essaya d'en triompher par la douceur ; mais plus elle se montrait digne d'amitié, plus Marguerite, confuse de sa propre injustice, s'acharnait à la tourmenter.

M. Bertin ne voyait rien et ne pouvait rien empêcher. Depuis quelque temps, il était très occupé de
ses affaires. Le directeur de sa fabrique s'étant rendu
coupable envers lui de détournements considérables,
il hésitait à donner sa confiance à un autre, qui peut-
être ne la mériterait pas mieux. Il passait donc
presque toutes ses journées hors de chez lui ; et
quand il rentrait, il était si fatigué, qu'il ne songeait
qu'à prendre du repos. Si Lucile eût voulu l'entretenir
de ses griefs contre Marguerite, il en eût été fort
affligé, mais il n'eût pas voulu prononcer entre elles ;
et Lucile, d'ailleurs, avait trop de fierté pour se
plaindre de sa sœur. Elle se bornait donc à éviter
autant que possible la présence de Marguerite ; mais
comme elle ne pouvait se décider à se faire humble
et petite, pour n'en être pas remarquée, elles échan-
geaient des paroles aigres, des railleries, des
reproches, chaque fois qu'elles en trouvaient l'occasion.

Il y avait loin de cette existence à celle que Lucile
avait rêvée tant de fois sous les grands arbres de la
pension. Enfermée dans sa chambre, sous prétexte
de maladie, pendant qu'on causait, qu'on faisait de la
musique, qu'on dansait ou qu'on prenait le thé dans
le salon, elle pleurait amèrement, tandis que
Marguerite, heureuse d'être encore une fois seule
admirée, faisait les honneurs de la soirée. Lucile
regrettait ses amies de pension ; mais elle regrettait
surtout sa tante, qui, elle n'en doutait pas, blâmerait
la conduite de Marguerite, et saurait la contraindre à
se montrer plus aimable.

Un jour, après avoir essuyé une scène encore plus
violente que de coutume, Lucile écrivit à Mlle Bertin,
pour la supplier de revenir.

« Vous restez près de mon oncle, qui est malade ;

lui disait-elle; mais si vous m'abandonnez, moi qui n'ai plus d'espoir qu'en vous, le chagrin me tuera certainement. Je suis dans la maison de mon père comme une étrangère, ou plutôt comme une ennemie. Je passe mes journées sans qu'un bon sourire, un regard affectueux, une douce parole m'encourage et me console. Ah! je suis bien malheureuse!... »

Une heure après avoir reçu cette lettre, Mlle Bertin était en route pour Paris. Lucile la revit avec transport, et Marguerite, quoique peu charmée de son retour, ne crut pas pouvoir se dispenser d'être aimable.

Lucile épancha longuement son cœur dans celui de sa tante; elle se soulagea par une abondante effusion de plaintes et de larmes. Mlle Bertin prit part à sa peine, s'efforça de la consoler et finit par l'encourager à la patience.

— De la patience..., dit Lucile, je n'en ai plus besoin. Puisque vous voilà, ma tante, les choses vont changer de face. Je ne demande pas que vous me souteniez aux dépens de ma sœur; mais vous êtes juste, et vous ne souffrirez pas qu'elle m'opprime et me persécute.

— Non, sans doute, répondit Mlle Bertin. Je soutiendrai toujours le bon droit; mais Marguerite m'a paru jusqu'ici faire peu de cas de mon approbation, et je ne sais pas, ma chère enfant, jusqu'à quel point te servira ma bonne volonté.

Lucile n'avait jamais douté de la tendresse de sa tante. Elle fut frappée de la froideur avec laquelle Mlle Bertin lui promettait son appui, et elle la soupçonna de vouloir ménager Marguerite, afin de s'épargner à elle-même des tracasseries et des ennuis. Lucile se trompait : Mlle Bertin avait trop de droiture de cœur et trop d'amour de la justice pour ne pas condamner Marguerite. Malgré le titre de vieille fille que lui donnait souvent son frère, elle était si peu égoïste, qu'elle ne songeait à ses intérêts ou à sa tranquillité personnelle que quand les intérêts et la tranquillité des autres n'étaient pas en jeu. Toutefois, nous devons avouer qu'elle n'était pas trop fâchée de ce qui arrivait à sa chère petite nièce.

Un matin, Lucile se promenait seule dans le jardin, en gémissant sur son sort.

— Je ne trouverai donc personne qui ait le courage de prendre ma défense ! dit-elle en songeant à sa tante, qui l'abandonnait.

— Qui demande un défenseur ? répondit une voix étrangère, qui la fit tressaillir. C'est vous, mademoiselle.... Me voici tout prêt à vous servir, comme les anciens preux, dont l'illustre Bayard était le modèle.

— Paul, s'écria-t-elle, en se précipitant dans les bras d'un jeune homme qu'elle reconnut, malgré les longues moustaches et la barbe luxuriante qui lui couvraient la moitié du visage.

— Eh ! c'est ma petite sœur Lucile, dit Paul. Comme tu es changée ! Si tu ne m'avais pas nommé la première, je n'aurais pas songé que cinq ans avaient pu faire, d'une enfant pâle et chétive, la grande et belle jeune fille que je retrouve aujourd'hui. Mais que fais-tu donc là, toute seule, et de quoi te plaignais-tu ? Est-ce que tu n'es pas heureuse, Lucile ?

— Oh ! non, mon cher Paul ; et j'accepte avec joie l'aide que tu m'as offerte. J'espère que tu ne rétractes pas ta promesse ?

— Dame ! écoute, ce n'est guère la mode de se faire le cavalier servant et le vaillant paladin de sa sœur ; mais si quelqu'un t'opprime, me voici tout prêt à te défendre.

— Merci, Paul. Tu es bon, toi, et je t'ai toujours aimé.

— Et qui donc n'est pas bon? Mon père serait-il devenu un tyran de mélodrame? J'avoue que la métamorphose m'étonnerait; mais il se passe tant de choses sous le soleil....

— Mon père est le meilleur des hommes.

— Ah! j'y suis, c'est la tante qui veut te laisser encore une année en pension.... Morbleu! tu n'y resteras pas malgré toi, quand je devrais en forcer les portes.

— Ce n'est pas non plus ma tante qui cause mon chagrin.

— C'est donc Marguerite? En effet, elle est un peu despote, notre sœur Marguerite, et je me joindrais volontiers à toi pour la mettre à la raison. J'ai bien aussi, pour mon propre compte, quelque revanche à prendre; mais c'est elle qui tient les cordons de la bourse paternelle, et cela mérite réflexion. Donc, ma petite Lucile, tu as toutes mes sympathies, mais Marguerite aura tous mes égards. Ne me regarde pas d'un air effarouché. Ce que je te dis est facile à comprendre. S'il survient quelque querelle entre la trésorière et toi, je t'approuverai tout bas, et je te blâmerai tout haut. C'est chose convenue, et tu me plaindras, au lieu de me garder rancune, lorsque tu sauras que ma position m'oblige à mentir ainsi. Lucile, j'ai des dettes, beaucoup de dettes; j'ai peu travaillé à Londres, où mon père m'avait envoyé pour me former au commerce; mais j'y ai dépensé un argent fou. C'est un gouffre que cette ville de spleen et de brouillards.... On parle de Paris.... Paris est le séjour de la justice et de l'innocence, mais Londres.... Enfin, ma chère, je suis revenu pour mettre la mer entre moi et mes créanciers, qui se montraient trop

pressants. Mais ils m'auront bientôt dépisté; ils me
poursuivront jusqu'ici, et, s'il le faut, ils s'adresse-
ront à mon père. Voilà ce que je veux éviter....
Demande-moi donc tout ce que tu voudras, pourvu
que tu ne m'empêches pas de faire de Marguerite ma
confidente et mon alliée.

Paul s'éloigna, laissant Lucile encore plus triste
qu'elle ne l'était avant son arrivée. Ce fut bien autre
chose lorsqu'elle vit son frère et sa sœur se parler
avec toutes les apparences de la plus tendre amitié.
Elle n'avait jamais été jalouse; elle crut qu'elle allait
le devenir, et elle eut peur d'elle-même, tant il s'éleva
de mauvais sentiments dans son âme.

Pour la première fois, elle n'osa pas avouer à
Mlle Bertin tout ce qu'elle éprouvait; mais la bonne
tante le devina. Ce qui aurait dû consoler Lucile
contribuait à augmenter sa peine. Elle savait que Paul
ne témoignait tant de déférence à Marguerite que par
intérêt, et elle s'irritait de ne pouvoir, comme sa
sœur, disposer d'un bien qui leur appartenait également. Quoiqu'elle aimât son père, elle lui en voulait
de se laisser dominer par sa fille aînée, au préjudice
de l'autre.

Pendant toute une semaine, Paul sut éviter l'occasion de se prononcer entre ses deux sœurs, Lucile
ayant elle-même pris grand soin de plier plutôt que
d'amener la moindre querelle. Cependant, un soir que
M. Bertin avait prié sa plus jeune fille de se mettre
au piano, et qu'elle avait touché, avec beaucoup d'âme,
un magnifique morceau, Marguerite dit en pinçant
ses lèvres :

— Ce n'est pas trop mal; mais, ma chère, vous
manquez à chaque instant la mesure, et votre doigté
est loin d'être irréprochable.

— Mon Dieu, Marguerite, il y a peu de pianistes

aussi habiles que vous, répondit Lucile; mais quand j'aurais votre talent, je voudrais encore être indulgente.

Lucile était meilleure musicienne que sa sœur, et elle le savait bien. Marguerite le savait aussi; elle fut blessée de la réponse de Lucile et du ton dont elle était faite.

— Ne trouvez-vous pas, demanda-t-elle à Paul, que cette petite fille est d'un orgueil insupportable?

— En effet, dit Paul, elle est un peu susceptible.

— Allons, mes enfants, ne vous querellez pas, interrompit M. Bertin. Vous savez que j'aime la paix, et je puis ajouter que j'en ai besoin, quand je rentre auprès de vous. Soyez donc tous d'accord, si vous voulez que je sois content. Toi, Marguerite, tâche d'avoir un peu de patience, et toi, Lucile, n'oublie pas que ta sœur t'est supérieure par l'âge et par le savoir. Plutôt que de te raidir contre ses avis, reçois-les avec reconnaissance et suis-les avec fidélité.

Lucile, accablée à la fois par son père, par sa sœur et par son frère, leva les yeux vers la fenêtre, près de laquelle sa tante était assise quelques instants auparavant. Mlle Bertin avait disparu.

— Tout le monde m'abandonne, murmura Lucile. Je ne puis plus rester ici.

III.

M. Bertin avait acheté, depuis plus de dix ans, la
maison qu'il habitait. Il s'en était réservé le premier
étage et il louait le reste, à l'exception d'un petit appartement que sa sœur l'avait prié de lui céder, quand
Lucile avait été mise en pension. Ce petit appartement
ouvrait sur le même palier que celui de Mme Lemire.
Mlle Bertin, fidèle aux habitudes de la province, avait
fait une visite à sa voisine, non dans le dessein de
la fréquenter, mais dans l'unique but de pouvoir la
saluer sans embarras, lorsqu'elle la rencontrerait.

Mme Lemire lui avait rendu sa politesse, et ces deux
entrevues avaient suffi pour que ces dames prissent
mutuellement la meilleure opinion de leurs caractères
et de leurs sentiments. Mlle Bertin, qui se trouvait un
peu isolée à Paris, ayant demandé à la veuve la permission d'aller la voir quelquefois, l'estime qu'elles
avaient d'abord éprouvée l'une pour l'autre s'était
transformée en une véritable amitié.

Le rez-de-chaussée était occupé par de vastes magasins de papier. Dans la cour, il y avait un atelier d'imprimerie, d'où sortaient chaque jour une multitude d'affiches, de lettres de décès, de mariage, de naissance, et d'avis de toutes sortes. Entre l'atelier et la porte d'un jardin que M. Bertin voulait détruire, mais que la mère de Lucile avait fait respecter et embellir, se trouvait une petite pièce humide et basse, qui servait de demeure au portier de l'imprimerie. Charlotte y était née; et ce logis malsain lui paraissait aussi beau qu'un palais. La paix et la joie y faisaient leur demeure; mais la pauvre petite avait à peine quatre ans lorsque son père mourut. Sa mère continua d'occuper la loge, et vécut, pendant quelque temps, des petites économies qu'elle avait pu faire; mais la maladie et la misère vinrent bientôt s'asseoir à ce triste foyer.

C'est alors que Mme Bertin remarqua la douce et pâle figure de la petite Charlotte, qu'elle voyait, assise sur le seuil de la loge, un livre ou un tricot à la main, chaque fois qu'elle allait au jardin avec Lucile. Souffrante elle-même, Mme Bertin prit en pitié la pauvre concierge; elle lui envoya son médecin, lui fit donner des médicaments, et pourvut aux besoins de son enfant. Charlotte bénissait la belle dame qui entrait presque chaque jour dans leur sombre demeure, et qui ne s'éloignait jamais sans laisser la malade plus forte et plus courageuse. Mais il vint un moment où Mme Bertin, dont l'état semblait empirer, à mesure que la mère de Charlotte revenait à la vie, ne sortit plus de son appartement. Les docteurs les plus célèbres furent appelés, et toute leur science ne parvint qu'à prolonger de quelques mois ses cruelles souffrances.

Jusqu'à ses derniers jours, elle s'occupa de la

pauvre portière et de la petite Charlotte; mais comme elle ne croyait sans doute pas sa mort si prochaine, elle ne songea à recommander ses protégées ni à son mari, ni à Mlle Bertin, sa belle-sœur.

Lucile, qui s'arrêtait souvent avec sa mère devant la fenêtre de la loge, y eût peut-être conduit sa tante; mais, aussitôt après la mort de Mme Bertin, elle partit pour la campagne, où elle resta longtemps. Elle ne s'étonna donc pas de voir de nouveaux visages chez le concierge de l'imprimerie.

Un soir d'hiver, Mme Lemire, qui n'habitait pas encore la maison de M. Bertin, rencontra dans la rue une petite fille de neuf à dix ans, qui lui tendit une main tremblante, en murmurant :

— Ayez pitié de maman, qui va mourir!

Plus d'un passant avait entendu cette touchante supplique, en détournant la tête et en pressant le pas. Mme Lemire s'arrêta, et, voyant que la pauvre enfant n'était abritée contre le froid que par une chétive robe d'indienne, si courte, qu'on lui voyait les genoux, elle ouvrit son manteau et le ramena sur ce petit corps tout transi.

— Où demeure ta mère, mon enfant? lui demanda-t-elle.

— Tout près d'ici, madame. Ah! venez la voir, je vous en prie.

Chemin faisant, Mme Lemire apprit, en interrogeant Charlotte, tout ce qu'elle désirait savoir de la position de sa mère. Quand elle entra dans la loge, elle ne fut donc pas surprise de trouver la pauvre femme presque mourante. Elle parvint cependant à la ranimer et lui adressa quelques bonnes paroles.

— Je ne sais pas qui vous êtes, dit la malade; mais puisque vous voilà près de mon lit, c'est que vous avez un bon cœur. Regardez, madame, cette pauvre enfant qui pleure.... Demain, elle sera toute seule sur la terre.... On la fera entrer dans un hospice ; il le faudra bien. Si vous me promettiez d'aller quelquefois la voir et lui parler de sa mère, je mourrais plus tranquille... Si vous saviez, madame, comme elle est douce et bonne, ma Charlotte, ajouta-t-elle, vous n'hésiteriez pas à me promettre ce que je vous demande.

— Oh! je n'hésite pas, répondit Mme Lemire. Je pensais à ce que je pourrais faire pour cette chère petite. Mourez en paix, pauvre mère! Elle n'ira pas à l'hospice. J'avais deux enfants, Dieu me les a repris ; Charlotte sera ma fille.. . Je ne suis pas riche, ajouta Mme Lemire ; je vis de mon travail ; Charlotte fera comme moi, mais ma tendresse et mes soins ne lui manqueront pas.

La malade versait de grosses larmes, et Mme Lemire fut obligée de lui imposer silence, car ses remerciements et ses bénédictions la remuaient jusqu'au fond de l'âme. Quand elle la vit plus calme, elle alla jusque chez elle chercher du bois, du sucre, des couvertures, en un mot, tout ce qui pouvait adoucir les derniers instants de la veuve.

Elle revint avec Catherine, qui se hâta d'allumer le feu, et elle pleura, lorsqu'elle vit l'agonisante regarder la flamme avec un mouvement de plaisir, en soulevant ses mains pour recevoir un peu de chaleur.

— Attends, maman, dit Charlotte, je vais te réchauffer, moi....

Elle s'approcha du foyer, dénoua le lambeau d'étoffe qui lui servait de tablier, l'étendit devant la flamme, et revint en envelopper les mains de sa mère.

— N'est-ce pas que c'est bon? reprit-elle. Oh ! oui, c'est bon et c'est beau, le feu. Cela va te guérir.

— Oui, répondit la veuve, en souriant tristement.

Elle savait bien que le froid qu'elle ressentait était

celui de la mort, mais elle ne voulait pas affliger Charlotte, dont le cœur battait de joie et d'espérance.

Pauvre Charlotte! elle s'endormit les pieds sur l'âtre et la tête dans ses mains. Elle rêva que son père était revenu de bien loin, qu'il la portait à l'atelier, qu'elle rentrait les poches pleines de bonbons et de gâteaux, qu'elle en donnait à Lucile, et qu'elles jouaient ensemble dans le beau jardin de Mme Berlin. Quand elle se réveilla, il faisait grand jour; cependant une bougie brûlait près du lit de sa mère.

— Maman! maman! s'écria la petite fille, en devinant aussitôt la terrible vérité.

— C'est moi qui suis ta mère à présent, Charlotte, répondit Mme Lemire. Si tu veux être sage et bonne, je t'aimerai comme t'aimait ta maman.

Charlotte ne comprit peut-être pas tout ce que cette promesse avait de consolant; mais les caresses de Mme Lemire calmèrent sa douleur.

Le lendemain, Mme Lemire, tenant Charlotte par la main, assista à l'enterrement de la pauvre veuve. Catherine les suivait, avec deux ou trois voisines qui avaient connu la malade. Quelques créanciers s'étant présentés, Mme Lemire leur abandonna le pauvre mobilier de la loge. Elle installa chez elle la petite Charlotte, qui lui inspirait déjà beaucoup d'intérêt.

On ne pouvait trouver une enfant d'un caractère plus doux et plus docile. Le malheur l'avait mûrie bien avant l'âge, sa raison s'était développée, en même temps que son cœur s'était ouvert aux meilleurs sentiments, et Mme Lemire, en la voyant si bien profiter de ses soins, se prit à l'aimer, comme si elle eût été sa véritable fille. Toutefois cette affection n'était pas exempte d'inquiétude.

Charlotte avait enduré de si longues privations; elle avait tant souffert dans ce réduit où gémissait sa mère, qu'elle s'était étiolée comme une plante, à laquelle manquent l'air, le soleil et la rosée. Un changement de régime devait, dirent les médecins, amener une prompte amélioration dans son état. Cela ne suffisant pas, ils conseillèrent la campagne, et Charlotte venait d'y passer deux mois quand elle retrouva Lucile dans l'atelier de Mme Lemire.

Il nous reste à dire comment celle-ci y était entrée.

Après la petite scène dans laquelle Marguerite avait obtenu contre sa sœur l'aide de Paul et de M. Bertin, Lucile se retira chez elle, avec un dépit tout voisin de la colère. Elle passa une nuit très agitée, et elle attendit impatiemment que sa tante fût levée, pour aller lui faire part de la résolution qu'elle avait prise de se soustraire à tant d'injustices.

Lucile sonnait à la porte de Mlle Bertin, quand un pas léger et le frou-frou d'une robe de soie se firent entendre dans l'escalier. Contrariée d'être vue en costume du matin, Lucile sonna une seconde fois avec impatience, mais on n'ouvrit pas assez tôt pour lui épargner l'embarras d'une rencontre. Un peu de curiosité lui fit tourner la tête, au moment où la robe de soie allait passer. Elle aperçut une jolie capote de crêpe rose, et, derrière une voilette de blonde blanche, deux grands yeux bleus qui lui souriaient avec un mélange de surprise et de joie.

— Sophie! chère Sophie! s'écria-t-elle. Que je suis heureuse de te voir! Mais par quel hasard es-tu si matin dans cette maison?

— Ce n'est pas du tout par hasard, ma bonne Lucile. J'y viens tous les jours à la même heure, et je n'en sors que le soir, répondit la jeune fille, à qui s'adressait cette question. C'est plutôt à toi qu'il faut demander ce que tu y fais.

— Mais mon père habite le premier étage, et cette porte est celle de ma tante.

— Ainsi, nous étions si près l'une de l'autre sans nous en douter....

— Moi qui pense si souvent à toi, depuis que tu as quitté la pension!... Vois-tu, Sophie, dès que je ne t'ai plus eue pour compagne, il m'a été impossible d'y rester, et j'aurais donné beaucoup pour savoir où te retrouver.

— Que tu me fais de plaisir!... Je pensais que tu m'avais oubliée.

— Ingrate! tu devais bien savoir le contraire. Mais tu ne m'as pas encore dit chez qui tu vas, ni si tu pourras me donner une partie des journées que tu passes dans notre maison.

— Je le voudrais, mais c'est impossible. Je vais chez Mme Lemire.

— Eh bien! tu y seras deux ou trois heures de moins, voilà tout.

— Tu ne sais donc pas que Mme Lemire est presque une maîtresse de pension, qu'elle reçoit chez elle plusieurs jeunes filles, et qu'elle leur apprend à travailler, à bien penser, à bien parler, à se bien conduire?

— Comment se fait-il que je n'en aie jamais entendu parler?

— Oh! cela n'a rien d'étonnant : les personnes d'un vrai mérite font si peu de bruit.

— Je le crois : Marguerite en fait tant....

— Ta sœur Marguerite?... As-tu donc à te plaindre d'elle?

— Plus tard, je te conterai tout. Tu dis donc qu'il y a plusieurs jeunes personnes chez Mme Lemire.

— Nous y sommes quatre, et dans les quatre tu en connais deux : Rosa Lefranc, et ta très humble servante.

— Ah ! oui, la petite Rosa. Elle était fort gentille.

— Elle l'est plus que jamais. Il est impossible de ne pas devenir aimable et bonne, quand on a Mme Lemire pour maîtresse.

— J'ai presque envie de devenir son élève.

— Si tu parles sérieusement, j'en serai bien contente. Nous redeviendrons amies, comme nous l'étions à la pension.

— Et comme nous n'avons jamais cessé de l'être. Mais Mme Lemire m'admettrait-elle au nombre de ses élèves ?

— Je n'en doute pas ; car si c'est ta tante qui demeure ici, Mme Lemire la connaît et la fréquente.

— Eh bien ! je vais prier ma tante d'aller trouver cette dame, et dans quelques heures peut-être je te rejoindrai. Adieu, Sophie !

— A bientôt, chère Lucile !

— Ma tante, demanda Lucile à Mlle Bertin, après l'avoir embrassée, pourquoi, me voyant aussi malheureuse que je le suis, ne m'avez-vous pas proposé d'échapper à cette tyrannie en devenant l'élève de Mme Lemire ?

— Ce n'est pas faute d'y avoir pensé, mon enfant, répondit Mlle Bertin ; mais je craignais que cela ne te convînt pas. Tu sais que Mme Lemire dirige un atelier de couture ?

— Mais Sophie, dont le père est lieutenant-colonel, n'a pas sans doute l'intention de devenir couturière. Rosa non plus, puisqu'elle est la fille d'un riche banquier. Pourtant, elles sont l'une et l'autre chez Mme Lemire.

— Et je suis sûre qu'elles y travaillent. Mme Lemire est d'une excellente famille ; elle a été fort bien élevée, et elle a vécu dans le monde ; mais elle a éprouvé des malheurs ; et, comme elle est plus charitable que sa fortune ne le lui permettrait, elle a trouvé le moyen d'y remédier, en se chargeant des confections de je ne sais plus quel magasin.

— C'est pour ce magasin que Sophie et Rosa cousent, et que je coudrai moi-même, si je deviens leur compagne? dit Lucile avec une grimace de dédain.

— Oui; mais tu pourras te dire que c'est pour les pauvres. Mme Lemire ne s'accorde que le strict nécessaire, et tout le reste est employé en aumônes.

— J'aimerais mieux autre chose.

— Je ne te conseille rien, ma fille. Tu es libre de faire tout ce que tu voudras.

— Je voudrais rester chez mon père; car enfin ma place est là. Mais Marguerite me déteste, Paul me trahit, mon père me blâme et ma tante m'abandonne …

— Non, Lucile, je ne t'abandonne pas. J'éprouve même beaucoup de peine de ce qui t'arrive, et j'ai souvent essayé de te défendre.

— Je ne sais si vous l'avez fait en conscience; mais vous n'y avez guère réussi.

— C'est peut-être ta faute aussi, mon enfant.

— L'injustice me révolte, ma tante. Ce n'est pas en me raillant ou en m'humiliant qu'on obtiendra quelque chose de moi. Marguerite ne changera pas non plus, donc je suis décidée à lui céder la place. Je ne savais encore tout à l'heure si je vous prierais de m'emmener à la campagne ou de me remettre à la pension. J'ai rencontré Sophie, l'une de mes bonnes amies de pension; elle va chez Mme Lemire; je veux y aller comme elle.

— Au risque de travailler pour un magasin?

— Qu'importe, après tout?

— Je suis de ton avis : le travail ne déshonore personne.

Mme Lemire n'avait rien à refuser à Mlle Berlin, et, quoiqu'elle eût dit qu'elle ne prendrait pas de nouvelles élèves, elle consentit à recevoir Lucile. L'accueil fait à la jeune fille la réjouit. Elle était très aimante et elle avait besoin d'affection. D'un autre côté, Marguerite, dont elle redoutait quelque peu les railleries, fut ravie de se voir débarrassée de sa sœur, et se montra dès lors beaucoup moins hostile.

Quant à M. Bertin, il trouvait bon tout ce qui plaisait à sa fille aînée, et il fut satisfait de voir renaître la paix chez lui, sans être tout à fait privé de Lucile, pour laquelle il avait aussi beaucoup de tendresse. Paul, délivré de l'embarras qu'il éprouvait de condamner Lucile, quand il sentait qu'elle avait raison, applaudit aussi de grand cœur à sa résolution, et Mlle Bertin en fut plus enchantée que personne.

Lucile rentrait chaque soir chez son père; elle assistait au dîner, où se trouvaient souvent des étrangers, sauvegarde de la paix domestique. Puis, comme elle se levait de bon matin, elle se retirait soit chez elle, soit chez sa tante, pendant que Marguerite recevait ou allait dans le monde, en compagnie d'une de ses cousines, qui lui servait de chaperon.

Les deux premières semaines que Lucile passa chez Mme Lemire s'écoulèrent promptement. Elle était au mieux avec ses compagnes, et le travail auquel toutes se livraient à l'envi ne lui déplaisait pas. Cependant, à mesure que Marguerite devint ou parut devenir meilleure pour elle, Lucile se trouva moins satisfaite de la détermination qu'elle avait prise. Elle pensait qu'avec un peu de patience, elle aurait pu attendre le changement qui s'opérait enfin dans les manières de sa sœur, et prendre sa part des plaisirs de Marguerite.

Le jour où commence notre récit, Marguerite avait offert à Lucile de la conduire au bois de Boulogne, où elle allait essayer un nouvel attelage. Lucile avait refusé, plutôt pour ne rien devoir à sa sœur que pour ne pas manquer à l'ordre établi par Mme Lemire ; aussi ce refus, dicté par l'orgueil, l'avait rendue triste, maussade, mécontente de tout.

L'arrivée de Charlotte ne devait pas contribuer à lui rendre sa bonne humeur. Elle savait que cette jeune fille était l'enfant chérie de Mme Lemire et la meilleure amie de ses compagnes, sans en excepter Sophie Elle éprouvait donc un peu de jalousie contre Charlotte, avant même de la voir ; mais quand elle la reconnut pour la pauvre petite que sa mère avait jadis secourue, au lieu de se laisser toucher par ce souvenir, Lucile s'abandonna aux fâcheuses impressions de la vanité blessée, et elle conçut pour Charlotte un éloignement rempli de dédain.

IV.

Charlotte ne savait à quoi attribuer cette froideur, dont elle souffrait d'autant plus, qu'elle aimait Lucile et qu'elle l'avait retrouvée avec beaucoup de joie.

Jamais l'image de cette petite fille, si jolie dans sa robe blanche, avec ses cheveux blonds si bien frisés, ses bottines bleues et sa croix d'or au cou, ne s'était effacée du souvenir de la pauvre enfant. Elle la voyait passer devant la loge, donnant la main à Mme Berlin, qui, déjà pâlie et courbée par le mal dont elle devait mourir, la regardait avec autant de tristesse que d'amour.

Quand Lucile, devenue orpheline, était partie pour la campagne, Charlotte l'avait pleurée. Souvent même elle l'avait appelée, quand le froid, la faim, la maladie s'étaient abattus sur sa pauvre demeure. Mais Lucile n'avait pu vider sa bourse entre les mains de la petite mendiante ; elle était bien loin, et ne songeait plus à ses pauvres voisines.

En retrouvant Lucile chez Mme Lemire , Charlotte se sentit heureuse ; mais elle n'eut pas le temps de se livrer à la joie ; car, dès le premier jour, elle devina qu'elle déplaisait à sa nouvelle compagne.

Elle pensa toutefois qu'en se montrant attentive, prévenante, aimable, elle parviendrait à fondre la glace qui les séparait, et elle y travailla sans se laisser rebuter par la politesse affectée de Lucile. Cette politesse, trop grande pour n'être pas un peu dédaigneuse, ne donnait aucune prise aux malignes remarques des autres jeunes filles ; mais Charlotte en était blessée, parce que c'était une barrière constamment maintenue entre elle et Lucile. Chacun sait qu'il y a dans l'accent, dans le regard, dans le sourire, quelque chose qui ne se définit pas et qui modifie beaucoup le sens des paroles ; la réponse la plus polie peut être fort insolente ; aussi dit-on vulgairement : « C'est le ton qui fait la chanson. »

Un matin, les jeunes filles causaient avec beaucoup de gaieté et d'entrain, parce que Mme Lemire leur avait dit que le produit de leur travail de la semaine serait employé à vêtir une communiante dont les parents, chargés de famille, étaient réduits à une très grande misère. Il ne fallait pas beaucoup d'argent pour la blanche toilette du grand jour ; mais Mme Lemire désirait aussi pourvoir à celle du lendemain.

— Il faudra choisir une bonne étoffe bien solide, dit Rosa ; nous ferons une grande casaque pareille à la robe, afin qu'il y ait de quoi la raccommoder et l'allonger au besoin.

— Comme te voilà prévoyante, Rosa ! répondit Mathilde. Pourquoi n'ajoutes-tu pas qu'il faudra rentrer dix centimètres dans la jupe ?

— Tu te moques de moi, Mathilde, et tu as tort. Quand on veut faire du bien, il ne faut rien négliger pour le rendre aussi profitable qu'il peut l'être.

— Après cette robe, nous lui en achèterons une autre, répliqua Mathilde.

— Sans doute, dit Lucile, et j'avoue, mesdemoiselles, que je ne vous comprends pas de tant calculer ce que vous allez gagner. Ne pouvons-nous subvenir autrement à la dépense qui vous préoccupe ? En donnant chacune 5 ou 6 fr., 10 fr. s'il le faut, tout sera dit. Nous sommes quatre : avec 40 fr. nous aurons assez.

— Nous sommes cinq, interrompit Sophie. Laquelle de nous veux-tu donc mettre à l'écart ?

— J'avais mal compté, dit Lucile en jetant un coup d'œil sur Charlotte.

— Oui, répondit Mme Lemire. Mais croyez-vous, Lucile, qu'en prenant 10 fr. dans votre bourse, vous auriez autant de mérite qu'en travaillant toute la semaine pour les gagner ?

— Nous n'aurions ni autant de mérite ni autant de plaisir, dit Sophie. Quand je pense, le soir, à ce que je puis avoir gagné pour notre petite Louise — elle s'appelle Louise, mesdemoiselles, le saviez-vous ? — je suis toute fière d'avoir si bien employé mon temps, et il me semble que si notre protégée sait comment nous nous serons procuré ce que nous lui donnerons, elle en sera plus touchée que si nous n'avions eu d'autre mal que de puiser une pièce de 10 fr. dans notre bourse.

— Tais-toi, ma chère. Ces gens-là n'ont pas les sentiments que tu leur supposes. Pourvu qu'on leur donne ce dont ils ont besoin, le reste leur est indifférent.

Mathilde et Sophie protestèrent.

— Qui de ces demoiselles a raison, chère madame ? demanda Rosa.

— Vous savez, mon enfant, que j'aime à vous laisser discuter avant d'intervenir. Vous êtes d'ailleurs des jeunes personnes instruites et sensées ; vous avez votre opinion comme je puis avoir la mienne.

— Eh bien ! aux voix ! dit Rosa ; celle de madame comptera pour deux. Y a-t-il ou n'y a-t-il pas de sentiments nobles et délicats parmi les pauvres ?

— Ce n'est pas tout à fait ainsi qu'il faut poser la question, interrompit Lucile. Je ne dis pas qu'on n'y peut trouver ni bonté de cœur, ni dévouement, ni reconnaissance ; je dis seulement que votre Louise — puisque c'est Louise que se nomme cette petite — se souciera fort peu de savoir si vous avez gagné sa robe à la pointe de votre aiguille, ou si vous la lui avez donnée sans vous imposer ni gêne ni privations.

— Je vote pour Louise. Elle a l'air si doux et si intelligent, dit Rosa.

— Si je ne la croyais pas capable d'apprécier ce que nous faisons, je ne le ferais pas moins, continua Mathilde ; mais j'en serais fâchée pour elle, quoique la peine que nous nous imposons ne soit, après tout, qu'un plaisir.

— Un grand plaisir, ajouta Sophie ; mais je persiste à croire que Louise y sera sensible, comme si ce travail nous avait coûté beaucoup. A ton tour, Charlotte ! Tu n'as pas encore ouvert la bouche. Tu deviens bien silencieuse depuis quelque temps.

— Mais oui, Charlotte. Autrefois tu nous égayais et tu nous intéressais par toutes sortes de récits ; maintenant c'est à peine si tu réponds, quand nous t'adressons la parole, dit Rosa.

— Je vous écoute, mesdemoiselles, répondit Charlotte.

— Ce n'est pas assez : il faut que tu dises ce que tu penses ; car ton avis est presque toujours bon.

— Dispensez-moi de parler : on n'est pas bon juge dans sa propre cause.

— Parle, au contraire. Nous connaissons ta sincérité, répliqua Sophie.

— Oui, parle, dirent ensemble Mathilde et Rosa.

Charlotte regarda timidement Lucile, qui lui dit avec une aigreur mal contenue :

— Mais parlez donc. Vous vous faites bien longtemps prier.

— C'est qu'il faut que je vous contredise. Je n'étais qu'une toute petit fille quand vous avez quitté Paris, et déjà j'étais plus heureuse quand vous partagiez avec moi votre gâteau que quand Mme Bertin m'en donnait un tout entier.

— Cela prouve que vous n'étiez pas gourmande, dit Lucile.

— Mais cela prouve aussi, ma chère, que Charlotte était plus sensible à l'amitié qui t'inspirait ce sacrifice qu'à la bonté de ta mère, ajouta Sophie.

— Cependant, reprit Charlotte, la bonté de Mme Bertin me touchait vivement ; car je me rappelle que, peu de jours après sa mort, je dis à ma pauvre mère : « Ah ! que je voudrais voir encore la belle dame, quand elle devrait ne rien nous apporter ! » Et maintenant encore, quand je pense à elle, je vois plutôt son doux sourire et ses yeux attendris que ses mains pleines de largesses.

Lucile se raidit contre l'émotion qu'elle éprouvait, malgré elle, et elle reprit :

— Vous n'avez jamais dû ressembler aux autres enfants : n'êtes-vous pas un phénix ?

— Raillez-moi, si cela vous amuse, répondit doucement Charlotte.

— Tu ne dois pas prendre ces mots pour une raillerie, répliqua Mathilde. Ce que Lucile dit, nous le pensons.

— Il en résulte, ma bonne petite, ajouta Sophie, que, tes souvenirs ne pouvant nous aider à trancher la question, Mme Lemire sera forcée de nous mettre d'accord.

— Si je n'étais pas une pauvre vieille servante, dit Catherine, qui venait, de temps à autre, balayer les rognures d'étoffe et les bouts de fil tombés sur le parquet, je demanderais à madame et à ces jolies demoiselles la permission de dire mon mot.

— Oui, oui, Catherine, parlez, nous vous écoutons, fut-il répondu tout d'une voix.

— Eh bien ! mesdemoiselles, vous savez ou vous ne savez pas que Mme Lemire, ici présente, ne possédait plus rien au monde qu'une pauvre petite pension, à peine suffisante pour lui donner du pain, quand je me dis comme ça : « Catherine, puisque voilà ta maison brûlée et qu'on te nie l'argent qu'on te doit, il faut aller trouver mademoiselle. » J'appelais toujours Mme Lemire mademoiselle, quand je me parlais à moi seule, parce que, voyez-vous, je l'ai vue naître et grandir, entre son père et sa mère, et que ce temps-là c'était le meilleur de toute ma vie. Me voilà donc en route.... Madame était veuve ; mais je la croyais riche, et je me disais : « Elle sera encore heureuse de m'avoir ; car elle pourra parler avec moi de tous ses chers défunts. » J'étais donc sûre d'être bien reçue et je venais sans crainte. « Ma bonne Catherine, tu as bien fait, me dit madame ; j'avais justement besoin de toi. » Ah ! oui, elle en avait grand besoin, pour l'aider à manger ses pauvres 500 fr.... Moi qui ne me doutais de rien, je reste, en me disant qu'il n'y avait rien au monde de meilleur que madame, puisqu'elle voulait bien se contenter des services d'une pauvre vieille comme moi. Madame travaillait beaucoup. Elle faisait des robes magnifiques et des vêtements, de toutes les couleurs. Je pensais qu'elle préparait tout cela pour le jour où elle quitterait son deuil, et j'en étais un peu étonnée, parce qu'elle n'avait jamais été coquette Je suis un brin curieuse et bavarde, c'est le défaut des vieilles femmes. Un jour, je demandai à madame ce qu'elle ferait de toutes ces toilettes-là. Elle se mit à rire, en voyant que j'avais pu croire que toutes ces belles choses étaient pour elle, et elle me dit qu'elle travaillait pour se désennuyer. Mais les dames qui savent faire de la musique, des tableaux, des ouvrages superbes, en laine, en soie, en or, et de toutes les façons, n'ont pas besoin de coudre du matin au soir pour se désennuyer. Il ne fallait pas beaucoup d'esprit pour penser à cela. Voici donc que la vérité me saute aux yeux : madame travaillait pour me nourrir. Je me jette à ses genoux, en pleurant comme un enfant. J'avais le cœur aussi serré que quand j'avais vu brûler ma maisonnette, et en même temps j'étais si contente, si contente, que je ne me rappelais pas avoir eu de ma vie tant de chagrin et tant de plaisir à la fois. Voilà ce que j'avais à vous dire, mes belles demoiselles, et je vous remercie de m'avoir écoutée. Sauf le respect que je vous dois, il me semble que si vous tiriez l'argent de votre bourse pour le donner à la communiante, vous feriez ce que madame aurait fait en me gardant, si elle avait encore été riche. Ce serait bien, mais ce serait tout simple ; au lieu qu'en gagnant de vos mains cet argent destiné à une charité, vous aurez plus de mérite à vos propres yeux et à ceux de cette pauvre petite Louise, qui ne saura comment vous en témoigner sa reconnaissance.

— Je crois, ma chère Lucile, que la cause est jugée, dit gaiement Mme Lemire ; mais comme, après tout, il se peut que vous ayez raison contre nous,

Louise viendra recevoir ici ce que nous aurons à lui donner, et nous étudierons ensemble ses impressions.

— Je passe condamnation, répondit Lucile sur le même ton. Je ne pouvais que perdre mon procès, ayant contre moi deux si bons avocats.

— Deux ! fit Rosa. Dis donc six.

— Je ne parle que des deux derniers, dont le plaidoyer seul est concluant. Vous, mesdemoiselles, vous n'avez pu faire que des conjectures ; Catherine et Charlotte ont articulé des faits. Vous avez cherché vos arguments dans votre cœur, elles les ont trouvés dans leur mémoire.

— Mais toi, ma chère, où donc as-tu pris tous ces mots de procédure ? Tu n'es pourtant pas, que je sache, la fille d'un Normand ? demanda Sophie.

— Non ; mais mon frère veut entrer dans la magistrature, et, sans doute pour nous faire croire qu'il a beaucoup étudié, il a soin d'émailler sa conversation d'une foule de jolis termes que j'ai compris et retenus.

Paul Bertin avait fait son droit comme beaucoup de jeunes gens, c'est-à-dire qu'il avait pris ses inscriptions, sans se soucier de suivre les cours ; puis, sous prétexte d'étudier la législation des différents peuples de l'Europe, il avait voyagé, en désœuvré qui cherche plutôt à se désennuyer qu'à s'instruire. Il n'avait rapporté de ses excursions que quelques histoires plus ou moins vraies, qu'il débitait avec aplomb, et quelques mots allemands, italiens, espagnols ou anglais, qu'il lançait à tous propos, pour se donner des airs de touriste. Nous savons déjà que sa principale occupation à Londres avait été de dépenser son argent et de faire des dettes. Il fallait qu'elles fussent considérables, puisque Marguerite, qui n'était point habituée à compter, fut effrayée des exigences de son frère.

— Il est vrai que j'ai fait des folies, lui dit-il. Je n'en ferai plus, je te le promets Mais il faut que je paye mes dettes, sans que mon père le sache. Consens à m'y aider, et je serai pour toujours ton ami, ton allié, ton esclave. Je n'aurai plus d'autre volonté que la tienne : j'aimerai ce que tu aimeras, je haïrai ce que tu haïras. Tu peux encore te créer à bon marché un serviteur et un complice.

— Je n'ai pas besoin de complice, répondit en riant Marguerite ; mais j'accepte le serviteur et l'ami. Je te donnerai donc de quoi payer tes dettes, et je te garderai le secret. Si par hasard mon père me demande des comptes, je supposerai des dépenses de toutes sortes, plutôt que de te laisser soupçonner.

— Mon père ne te demandera pas de comptes ; il a en toi une confiance absolue. Si j'avais le bonheur qu'il m'en accordât une semblable....

— Halte là, cher frère, vous ruineriez bientôt vos deux sœurs.

— Ne crains rien. Je ferais trois parts du trésor, et je me contenterais scrupuleusement de la mienne.

— Je veux bien croire à ta sagesse et à ta probité ; mais tu as si peu de caractère, que je me hâterais d'apprendre un métier, comme Lucile, si tu tenais les clefs du coffre-fort.

— Pauvre petite Lucile ! nous ne l'avons pas moins, toi et moi, bannie de la maison.

— Je te conseille de la plaindre, pour me prouver que tu es mon ami.

— Entre nous, tu conviendras qu'il n'est guère agréable de tirer l'aiguille toute la journée, quand on a une sœur qui n'est occupée que de ses plaisirs.

— Et un frère qui jette à poignées l'argent par les fenêtres. Mais tu aurais tort de t'apitoyer sur le sort de Lucile; elle est très heureuse. Elle a retrouvé dans cet atelier de couture plusieurs de ses amies de pension, et elle s'y plaît si bien, qu'elle a refusé, ce matin, de venir au bois avec moi.

Lucile était trop fière pour avouer à sa sœur qu'elle regrettait d'être entrée chez Mme Lemire. Chaque fois qu'il en était question, elle parlait avec enthousiasme du mérite de sa maîtresse, de l'amabilité de ses compagnes, de la façon charmante dont s'écoulaient ses journées. Elle n'avait pas dit un mot de Charlotte, de peur que Marguerite, qui connaissait son orgueil, ne devinât ses souffrances; mais elle ne se lassait pas de faire allusion à la grande fortune et à la belle position qu'auraient un jour les autres élèves.

Lucile fut donc aussi contrariée que surprise, quand, après la petite discussion dans laquelle Charlotte et Catherine l'avaient emporté sur elle, Mme Lemire, profitant de l'heure du goûter, que Lucile employait à lire, lui dit, sans aucun préambule :

— Il me semble, ma chère enfant, que vous vous ennuyez au milieu de nous. J'irai ce soir, si vous le voulez, prier Mlle Bertin de vous reprendre.

— Mais non, madame, répondit Lucile, je ne m'ennuie nullement, et je ne vois pas ce qui peut vous faire supposer le contraire.

— Il y a des indices auxquels on ne se trompe guère, et je les remarque en vous. D'abord vous n'êtes pas gaie comme vos compagnes.

— Ce n'est pas ma faute, si je ne puis rire à propos de rien.

— Sans doute; mais il y a dans tout ce que vous dites une certaine aigreur, qui prouve que vous êtes mécontente de ce qui vous entoure. Vous n'êtes pas souvent de l'avis des autres; et même, quand vous partagez tout à fait leurs sentiments, vous ne voulez pas en convenir, tant est grand le besoin que vous éprouvez de les contredire.

— Ces demoiselles s'en sont-elles donc plaintes ?

— Non vraiment. Peut-être ne l'ont-elles pas remarqué.

— C'est donc Charlotte qui vous a indisposée contre moi, madame ?

— Charlotte ! Ah ! la chère enfant n'y songe guère. Elle aime vos compagnes, mais elle vous préfère à toutes, et elle serait bien heureuse, si vous lui adressiez, de temps en temps, un mot d'amitié.

— L'amitié ne s'impose pas, madame.

— Non, mais la douceur, la bonté, l'égalité du caractère l'inspirent presque toujours.

— Charlotte a mille bonnes qualités ; je trouve même qu'elle en a trop. Son caractère, si égal et si doux, me fatigue ; le soin qu'elle prend de se rendre agréable à tout le monde me déplaît, et plus elle a de prévenances pour moi, moins je me sens disposée à l'aimer. Vous voyez que je suis franche, madame. Pour l'être jusqu'au bout, j'ajouterai que je ne connais aucune loi qui m'oblige à aimer Charlotte.

— En êtes-vous bien sûre ?

À cette question, Lucile rougit ; mais elle reprit bientôt son aplomb.

— Mais enfin, dit-elle, que peut me reprocher Mlle Charlotte ?

— Vous le savez mieux que moi, mon enfant, et sans doute aussi mieux qu'elle-même. Elle est très fière, ma pauvre Charlotte, très orgueilleuse, si vous le voulez ; elle sent l'infériorité de sa position, et elle tâche de se la faire pardonner, à force de douceur, d'attentions, de prévenances, de petits soins. Elle y a réussi auprès de vos compagnes ; il n'y a plus que vous, Lucile, qui lui teniez rigueur, parce que vous ne savez pas tout ce qu'il y a d'élévation dans son esprit et de dévouement dans son cœur.

— C'est un phénix, je le lui ai dit tantôt.

— Et vous lui avez fait de la peine. Les louanges exagérées équivalent à des injures, quand ce n'est pas la bienveillance qui les dicte. Voulez-vous me promettre, ma chère Lucile, de réfléchir à ce que votre conduite envers cette pauvre enfant peut avoir de cruel, et à toute la joie que lui donnerait, je ne dirai pas votre amitié, mais un peu d'affectueuse pitié.

— Si vous tenez à cette promesse, madame, je veux bien vous la faire, répondit Lucile, pour terminer une conversation qui lui déplaisait ; mais je doute que mes réflexions aient le résultat que vous en attendez. Ce n'est pas ma faute si Charlotte a grandi dans la misère, si elle est malade, si elle est susceptible, enfin si elle se persuade qu'elle a droit à plus d'égards qu'il ne m'est possible de lui en accorder.

Mme Lemire attendait avec quelque impatience le résultat des réflexions de Lucile; mais la jeune fille n'arriva pas, le lendemain, à l'heure habituelle. Mlle Bertin fit dire que sa nièce, étant un peu souffrante, ne monterait à l'atelier que l'après-midi. Mme Lemire ne crut point à cette indisposition; elle pensa que Lucile était mécontente et voulait le lui faire voir.

L'après-midi se passa comme la matinée; Lucile ne parut point. Mme Lemire descendit vers le soir. On lui dit qu'après avoir eu mal à la tête et à la gorge toute la journée, Lucile venait de s'endormir. Mlle Bertin était auprès d'elle, d'autant plus inquiète que la bonne tante était obligée de partir, pour terminer, dans son pays, des affaires de la plus haute importance. Toutefois, comme la nuit de la jeune fille fut assez bonne, Mlle Bertin sentit ses craintes se dissiper, et elle prit congé de Mme Lemire, en la priant de tout faire pour que Lucile continuât de travailler à l'atelier pendant son absence, dont il lui était impossible de fixer la durée.

Le mieux que Mlle Bertin avait remarqué dans l'état de sa nièce ne se prolongea pas. Vers dix heures, Lucile eut la fièvre, et le médecin fut appelé.

— Je ne puis encore me prononcer sur la maladie de votre sœur, dit-il à Marguerite, qui le reconduisait. C'est peut-être une fièvre typhoïde; cependant j'espère encore que ce ne sera que la petite vérole.

— Ah! mon Dieu! s'écria Marguerite, une fièvre typhoïde ou la petite vérole! Mais Lucile est perdue!

— Rassurez-vous, mademoiselle, nous tâcherons de la sauver.

— La fièvre typhoïde a fait tant de victimes l'année dernière.

— Oui, elle en a fait beaucoup; mais, en soignant Mlle Lucile dès le début de la maladie, nous en triompherons. Puis, je vous ai dit que j'espère encore la variole. Ces deux maladies ont au début des symptômes presque semblables.

— Mais, docteur, c'est quelque chose d'affreux que la variole. J'aime encore mieux la fièvre typhoïde.

— J'ai vu depuis le printemps bien des cas de petite vérole, et je n'ai pas perdu un seul malade.

— Oui, vous avez sauvé Mlle Mercier; mais j'aimerais mieux être morte que défigurée comme elle l'est.

— Elle a trop de raison pour penser comme vous, mademoiselle. D'ailleurs, son père et sa mère sont très heureux de l'avoir conservée telle qu'elle est.

— Une si jolie personne! Combien elle doit regretter sa beauté!

— Mais non, elle me disait hier encore : « Quand on est belle, on doit s'attendre à devenir laide, avec les années; moi, docteur, je n'ai plus rien à perdre. » Elle possède, en effet, des qualités qu'elle ne perdra jamais, et qui valent mieux que la beauté.

— Je crois que Lucile ne se consolerait pas si facilement.

— Mais il n'est pas dit non plus qu'elle doive rester marquée. Beaucoup de personnes en sont quittes pour garder, pendant quelques mois, des taches plus ou moins rouges. C'est un petit malheur, auquel mademoiselle votre sœur saurait assurément se résigner.

En quittant le docteur, Marguerite alla trouver Paul, pour lui rendre compte de cette conversation.

— Mon cher ami, ajouta-t-elle, tu devais me conduire à Dieppe dans quinze jours; mais c'est aujourd'hui même que je veux partir. Va trouver mon père, pendant que je ferai ma malle. et dis-lui qu'il risque de n'avoir plus de fille, s'il ne m'ordonne pas de m'éloigner au plus tôt.

— J'y vais ... Mais qui donc soignera cette pauvre Lucile?

— N'y a-t-il pas des gardes-malades? On lui en donnera deux, si ce n'est pas assez d'une. Hâte-toi! l'air qu'on respire dans cette maison est empoisonné; nous ne pourrons la quitter assez tôt.

— Que dira Lucile, en se voyant abandonnée de son frère et de sa sœur?

— N'affiche donc pas de si beaux sentiments. Tu voudrais être déjà loin.

— Je ne crains guère la petite vérole; mais on meurt de la fièvre typhoïde. Toutes réflexions faites, nous n'avons rien de mieux à faire que de partir au plus vite.

M. Bertin apprit avec consternation de quelle grave maladie Lucile était menacée. Il obéissait à Marguerite par habitude; il lui donnait raison, pour avoir la paix; mais il aimait Lucile, et il souffrait de ne pouvoir lui accorder la place qui lui était due. Toutefois, quand Paul lui parla du danger que courait Marguerite, qui ne manquerait pas de s'enfermer dans la chambre de sa sœur, le pauvre père fut au désespoir.

— Emmène-la, dit-il, sauve-la malgré elle. N'est-ce pas déjà trop de risquer de perdre Lucile? Si j'avais à trembler aussi pour Marguerite, ce serait plus que je n'en pourrais supporter.

— Mais, reprit Paul, qui avait encore au fond du cœur un peu d'amitié pour sa jeune sœur, comment Lucile sera-t-elle soignée, et que pensera-t elle, quand elle saura que Marguerite est partie?

— Ne t'inquiète pas de cela. Je veillerai moi-même à ce qu'aucun soin ne lui manque; je lui dirai que vous vouliez rester, que je vous ai éloignés de force, que je vous ai chassés, que je vous ai menacés de toute ma colère, si vous refusiez de partir. Oui, oui, je le ferai, s'il le faut, pour que Marguerite ne soit plus ce soir à Paris.

M. Bertin suivit Paul chez sa fille et la trouva occupée, avec sa femme de chambre. à plier les robes qu'elle voulait emporter. Elle fut un peu surprise de le voir arriver; mais son embarras ne dura pas longtemps.

— Je te connais si bien, que j'ai deviné ta volonté, mon père, lui dit-elle. J'abandonne Lucile avec une douleur profonde; mais je dois vivre pour toi.

— Chère fille, que je t'aime! répondit M. Bertin, en la serrant dans ses bras. Pars bien vite, tu n'as pas besoin d'emballer tout cela; il y a partout des étoffes et des tailleuses. Je ne serai tranquille que quand tu seras hors de Paris, et je n'irai voir Lucile qu'après t'avoir mise en voiture ; car je ne pourrais plus t'embrasser, dans la crainte de t'apporter la contagion, que tu n'as peut-être que trop respirée. Il y a un train qui part pour Dieppe dans une demi-heure, ajouta-t-il en consultant sa montre ; il faut que vous preniez celui-là. Tu entends, Paul? Habille-toi, je vais faire atteler.

— Pauvre père ! dit Paul, pendant que M. Bertin courait donner ses ordres ; comme il est dupe de notre comédie !

— Est-ce donc une comédie? N'est-il pas plus sage de fuir le danger que de s'y exposer? Si mon père doit avoir le malheur de perdre Lucile, crois-tu que notre mort puisse l'en consoler?

— Non, mais il fallait avouer franchement notre frayeur et notre projet de départ. Mon père est si bon, que je rougis de le tromper.

— Cette vertueuse confusion te prend bien tard. Tu n'as pas rougi de puiser dans sa caisse, ce qui était beaucoup moins excusable que ce petit mensonge.

— Ecoute, Marguerite, je suis un assez pauvre sujet ; mais je vaux encore mieux que toi. J'ai des remords, et tu n'en as pas.

— Dis donc que tu manques de résolution ; tes remords ne sont qu'une preuve de ta faiblesse. Mais va te préparer ; j'entends mon père.

M. Bertin fit à Marguerite les plus tendres recommandations. Il la supplia de ne pas s'inquiéter, s'engagea à lui donner chaque jour des nouvelles de la malade et lui défendit de revenir avant qu'il la rappelât.

— Mon père, dit Paul en rentrant, voulez-vous que

j'écrive à ma tante? Elle quittera tout pour venir soigner Lucile.

— Je lui écrirai moi-même tout à l'heure, répondit M. Bertin, et dès demain elle sera ici. Tu vois, Marguerite, que tu peux partir tranquille.

Paul jeta à sa sœur un regard qui lui fit baisser les yeux; mais M. Bertin ne s'en aperçut pas. Il embrassa en pleurant son fils et Marguerite, leur souhaita bon voyage et courut auprès de Lucile. Il la trouva très abattue Elle souffrait peu, mais elle avait une forte fièvre, et elle répondit à peine aux caresses de son père. M. Bertin ne lui parla ni de Paul ni de Marguerite; mais il lui dit que sa tante allait revenir. Elle en parut si satisfaite, qu'au lieu d'écrire comme il en avait l'intention, le négociant envoya un télégramme, qui devait permettre à Mlle Bertin d'arriver quelques heures plus tôt. En l'attendant, il s'installa lui-même au chevet de Lucile, pour être sûr qu'on lui donnerait, d'heure en heure, la potion prescrite par le docteur.

Vers minuit, il entendit retentir le marteau de la porte d'entrée, et il descendit pour remercier sa sœur d'être si vite accourue. Mais, au lieu de Mlle Bertin, il reconnut un des domestiques de la ferme où elle était depuis quelques jours. Cet homme lui remit un billet ainsi conçu :

« Mon cher ami, je suis désolée de ne pouvoir aller soigner Lucile; mais le cheval qui m'attendait à la gare de Mantes s'est emporté un peu avant d'arriver à la ferme. Il a brisé la voiture et m'a jetée dans un fossé. Il pouvait me tuer. Je m'étonne moi-même de n'avoir qu'une jambe cassée, et tu ne l'aurais su que plus tard, sans la maladie de notre chère enfant. J'espère que Lucile sera guérie avant que je sois en état de marcher, et je te prie de te rappeler que je serai bien impatiente et bien inquiète, si tu ne me tiens pas au courant de sa position. Embrasse-la pour moi, et dis-lui que je l'aime de tout mon cœur. »

Cette lettre augmenta beaucoup l'inquiétude et le chagrin de M. Bertin. Au petit jour, il envoya chercher le médecin, et le pria d'appeler en consultation quelques-uns de ses confrères.

— C'est inutile, monsieur, dit le docteur, la petite vérole est déclarée.

A cette réponse, la jeune bonne qui avait veillé Lucile sortit vivement de la chambre, et courut donner l'alarme aux autres servantes, qui, pas plus que Marguerite, ne se souciaient d'être défigurées. Aussi, quand M. Bertin les appela, elles lui dirent qu'elles quitteraient plutôt sa maison que d'approcher de Lucile. Le pauvre père ordonna qu'on allât chercher une garde-malade On en trouva une qui promit de bien soigner la jeune fille et de ne pas prendre un instant de repos qu'elle ne fût rétablie.

— Ce ne sera rien, soyez tranquille, dit-elle à M. Bertin; ce n'est quasi qu'une petite vérole volante; dans quinze jours nous serons sur pied. D'ailleurs, avec moi, vous pouvez dormir sur vos deux oreilles et veiller à vos affaires, sans vous occuper de la malade. Je m'en charge; tout ira bien.

M. Bertin la laissa dans la chambre de Lucile. Il était obligé de se rendre à sa fabrique et d'y passer presque toute la journée. Il lui en coûtait de partir, quoiqu'il fût bien rassuré et que la garde lui parût connaître parfaitement ce qu'elle avait à faire.

— Est-ce toi, ma tante? demanda la jeune fille, en s'éveillant au bruit de la porte qui se refermait.

— Non, ma petite, ce n'est pas votre tante, répondit la garde; mais vous n'y perdrez rien, je vous en réponds. Je vous soignerai ni plus ni moins qu'une duchesse, pourvu que vous soyez gentille, et que vous preniez, sans faire la grimace, tout ce que je vous donnerai. Ah! dame! quand on est malade, ce n'est pas pour se régaler. Il n'y a rien dans la boutique d'un pharmacien qui vaille un verre de vin de Bordeaux ou une tasse de café.

— Qui êtes-vous donc? Je ne vous connais pas, dit Lucile, en examinant la personne qui lui parlait ainsi.

— Anastasie Martinet, veuve de Michel Baudrand, pour vous servir. Je suis garde-malade de mon état, et je demeure presque en face de chez vous, au n° 12, au cinquième au-dessus de l'entresol.

— Et vous venez ici pourquoi faire?

— Pour vous garder et vous soigner, puisque vous êtes malade.

— Ma tante n'est donc pas arrivée? Et ma sœur, et ma bonne, où sont-elles? Et Paul, pourquoi donc ne vient-il pas me voir?

— Vous m'en demandez plus que je n'en sais, mon bijou. Allons! il faut vous tenir tranquille sous vos couvertures et ne parler que le moins possible. D'abord, c'est très bon pour les malades de ne guère parler et de ne pas s'occuper de ce qui se passe hors de leur chambre. La curiosité agite le sang et augmente la fièvre Vous ne l'avez pas mal, cette coquine de fièvre; car vous êtes rouge comme un coq, et vos yeux brillent comme des éclairs.

— J'ai soif! dit Lucile.

— Vous a-t-on préparé de la tisane? Ah! oui, la voici sur la veilleuse. Voyons si elle est bonne.

Mme veuve Baudrand emplit une tasse de porcelaine du Japon, qu'elle porta à ses lèvres, sans plus de cérémonie, et qu'elle présenta ensuite à la malade.

— Je n'en veux pas, dit Lucile en se tournant du côté du mur.

— Vous me demandez à boire et vous n'en voulez plus ! En voilà un caprice ! Ecoutez, ma chère, si vous voulez que je vous soigne comme ma propre fille, il ne faut pas être capricieuse. Vous pensez bien que ce n'est pas par plaisir que je viens passer auprès de vous le jour et la nuit. C'est un métier que je ne ferais pas si mon père m'avait laissé des rentes, ou si M. Baudrand, mon mari, avait eu l'esprit de m'en amasser. Je viens donc pour gagner mes 10 fr., et ce serait bien vilain de votre part d'être trop exigeante. Il ne faut pas maltraiter le pauvre monde. Voulez-vous boire, oui ou non ?

— Oui, mais donnez-moi une autre tasse.

— Tiens ! c'est parce que j'ai goûté à celle-là que vous n'en voulez plus ? Mais, ma petite, c'est moi qui devrais avoir du dégoût, et non pas vous. Je suis bien portante et vous êtes malade ; vous n'attraperez rien de mauvais en buvant après moi, et je pourrais gagner quelque chose de beau en buvant après vous.

— Vous voyez donc bien qu'il vaut mieux que vous ayez votre tasse et moi la mienne, dit Lucile. A boire ! je meurs de soif !

Mme Baudrand emplit une seconde tasse et la lui apporta, en pinçant ses lèvres ; ce qui ne contribua pas à l'embellir ; car elle n'avait plus de dents, et sa bouche formait un grand creux, qui faisait ressortir son menton d'une façon menaçante.

— Allons ! buvez, dit-elle, et recouvrez-vous bien vite, ou je me fâcherai.

— J'ai trop chaud, répondit Lucile. J'ai le feu dans le corps, et mes membres sont brûlants.

— C'est bon ! nous connaissons ça, ma princesse. Mais il faut remettre vos bras dans le lit tout de suite.

— Laissez-moi les tenir dehors seulement un instant.

— Impossible, ma belle, répondit la garde, en prenant dans sa main sèche et jaune le poignet délicat de Lucile.

— Ne me touchez pas, cria la jeune fille, qui se dégagea vivement.

— Ah çà, ma petite, vous faites bien la dédaigneuse. Mes mains ne sont pas aussi blanches que les vôtres, mais elles sont aussi propres. Vous êtes bien fière, parce que vous êtes riche et que vous êtes belle. Je n'ai jamais été riche, mais j'ai été belle comme vous, peut-être plus que vous, et j'ai gardé ma beauté plus longtemps que vous ne garderez la vôtre, si vous voulez faire l'entêtée avec moi. Vous a-t-on dit quelle maladie vous avez?

— Non. Si vous le savez, dites-le-moi.

— Demandez-le au docteur. S'il veut vous l'apprendre, vous deviendrez plus docile.

— Il y a donc du danger?

— Il n'y en aura pas du tout, si vous faites ce que je vous dirai de faire; mais si vous ne voulez ni boire ni vous tenir au chaud, cela deviendra plus grave.

— Si ma tante était ici, je lui obéirais. Pourquoi donc ne vient-elle pas?

— Je vous ai déjà dit que je ne pouvais pas vous renseigner là-dessus. Restez donc en paix et tâchez de dormir. Je vais faire un somme aussi ; car je ne suis pas de fer ; et quand on ne se couche pas la nuit, il faut bien se reposer un peu le jour. Si vous avez besoin de quelque chose, vous m'appellerez.

Mᵐᵉ Baudrand s'étendit sur une chaise longue, et bientôt un ronflement sonore apprit à Lucile que le repos invoqué ne s'était point fait attendre. Lucile avait les nerfs irritables, surtout depuis qu'elle souffrait; d'ailleurs, ce bruit, qu'elle n'avait jamais entendu, l'effraya. Elle saisit la sonnette placée sur la table de nuit, et la secoua doucement d'abord, puis de toutes ses forces. Le ronflement cessa, mais il reprit aussitôt de plus belle.

— A boire! dit Lucile. A boire, madame, s'il vous plaît!

— Hein! qu'est-ce qu'il y a? demanda la garde.

— Madame, j'ai soif. répéta Lucile.

— Bien! bien! on y va, dit la dormeuse, en bâillant et en s'étirant les bras. Quel métier que le nôtre! Ne pas avoir cinq minutes de tranquillité.... Mais quoi! c'est le métier, il faut le faire. On ne laissera pas périr un malade faute de soins. Vous n'avez donc pas pu dormir, ma petite?

— Vous ronflez si fort, que vous m'avez fait peur.

— Ah! c'est que, voyez-vous, j'ai le cerveau un peu embarrassé. Auprès des malades, il faut avoir quelquefois la fenêtre ouverte la nuit; on gagne des rhumes, des douleurs, toutes sortes de vilaines choses. Je vais prendre une prise; ça me dégagera.

Mme Baudrand tira de sa poche un grand mouchoir à carreaux rouges et bleus, qu'elle déplia lentement, puis une énorme tabatière de corne, dans laquelle elle puisa par trois fois. Lucile avait horreur du tabac en poudre; elle ferma les yeux, pour ne pas voir Anastasie Martinet en bourrer ses narines; mais si elle ne la vit pas, elle l'entendit et elle en frissonna de la tête aux pieds.

— Vous n'avez plus besoin de rien, n'est-ce pas? lui dit la veuve.

— Je voudrais voir papa. Ayez l'obligeance d'aller le prier de venir tout de suite, ou bien sonnez ma bonne et chargez-la de cette commission, si vous ne pouvez la faire vous-même.

— Quand je sonnerais, la bonne ne viendrait pas. Que voulez-vous? C'est jeune; il faut bien pardonner quelque chose à la jeunesse. Mais, ma petite, votre papa m'a dit qu'il ne rentrerait que vers le soir. Il est donc inutile que j'aille l'appeler. Tenez-vous tranquille et tâchez de reposer en l'attendant.

— Oh! s'il ne rentre que ce soir, je ne pourrai jamais l'attendre jusque-là. Dites à mon frère que j'ai besoin de le voir, que je le supplie de ne pas tarder; et s'il est sorti, recommandez qu'on me l'envoie aussitôt qu'il rentrera. Enfin, si mon frère ne doit pas revenir de bonne heure, faites prévenir ma sœur que j'ai un mot à lui dire.

— Monsieur votre frère et mademoiselle votre sœur sont partis ce matin pour je ne sais quel endroit; mais j'ai vu charger des malles et des caisses sur la voiture qui les emmenait.

— Ils sont partis sans me dire adieu?... Mais c'est impossible.

— C'est possible, puisque c'est vrai. Ils ne seront peut-être pas longtemps absents. Je vous engage donc, ma mie, à ne pas vous tourmenter de choses inutiles, à tâcher de vous calmer l'esprit et à vous endormir un peu.

— Vous avez sommeil aussi, n'est-ce pas? Eh bien! faites-moi le plaisir d'aller dans la pièce voisine. C'est le cabinet de papa. Il y a un grand fauteuil dans lequel vous serez très bien.

— Non, il vaut mieux que je reste là : on est bien dans cette chaise longue.

— Mais vous allez encore ronfler, et cela me réveillera.

— Non, non, je ne ronflerai plus, j'en suis sûre; j'ai le cerveau libre à présent.

Quoi qu'elle en dît, Mme Baudrand ne savait pas

dormir sans faire de bruit; mais Lucile, ne pouvant se résigner à la voir de tout près ni à subir sa conversation, aima mieux la laisser ronfler que de l'appeler encore. La pauvre enfant ne songeait guère à s'assoupir, comme Anastasie le lui conseillait. Elle souffrait beaucoup, et sa fièvre augmentait à chaque instant; puis elle était si triste de se voir abandonnée de tous les siens et livrée aux soins mercenaires de la veuve Baudrand, qu'elle ne pouvait retenir ses larmes.

On devine la raison pour laquelle Lucile désirait voir son père, son frère ou sa sœur. C'était pour les prier de congédier cette femme, qui lui inspirait de la frayeur et du dégoût. Il lui semblait que, dès qu'elle ne l'aurait plus sous ses yeux, elle serait soulagée.

Elle pleurait encore lorsqu'on frappa doucement à la porte de sa chambre, et ce fut avec une grande joie qu'elle vit entrer Mme Lemire.

— Oh! venez, madame, lui dit-elle, venez,.... Mon père, mon frère, ma sœur, tout le monde m'abandonne. Ma tante, à qui l'on a écrit hier, n'est pas encore arrivée. Je suis bien malheureuse!

— Calmez-vous, chère enfant, répondit Mme Lemire. Si Mlle Bertin avait pu se mettre en route, elle serait arrivée cette nuit; mais elle a fait une chute et elle s'est froissé la jambe. On voulait vous laisser ignorer cet accident; cependant je crois qu'il vaut mieux vous dire la vérité que de vous permettre de douter un instant de la tendresse de votre bonne tante.

— Ah! mon Dieu, elle est peut-être plus malade que moi.

— Non; elle va aussi bien qu'on pouvait l'espérer, et il ne lui faut que du repos pour se rétablir complètement.

— Pauvre chère tante! elle a bien fait de ne pas

venir. Si elle s'était mise en route et que sa position se fût aggravée, j'en aurais été désolée. Mais mon frère et ma sœur?...

— C'est M. Bertin qui les a forcés à partir. Vous aviez une si grande fièvre, qu'il s'est persuadé que ses deux autres enfants pourraient tomber malades comme vous, et qu'il s'est hâté de leur faire quitter Paris.

— Où sont-ils allés? le savez-vous, madame?

— Mais à la campagne, je suppose. Si demain ou après-demain vous allez mieux, M. Bertin les rappellera.

— Que je suis contente de vous voir, madame! Me voilà presque consolée, dit Lucile, en faisant signe à Mme Lemire de se pencher vers elle. Rendez-moi encore un service, ajouta-t-elle à voix basse; renvoyez cette vilaine garde, qu'on m'a donnée, et qui dort là, derrière mon lit. Si Justine veut me soigner, je ne serai pas trop exigeante, et je ne la tourmenterai pas, comme je l'ai fait hier. Dites-le-lui, madame, je vous en prie.

— Justine ne s'entend pas à soigner les malades; mais si votre garde vous déplaît, je tâcherai de vous en trouver une autre. Il y a des sœurs de charité....

— Des sœurs.... Je n'en veux pas. Si j'en voyais une auprès de moi, je croirais que je vais mourir.

— Vous n'êtes qu'une enfant, Lucile; mais je ne veux pas vous contrarier. Je vous trouverai une autre garde. Si j'étais libre de mon temps, je ne prendrais pas la peine de chercher; car je viendrais de bon cœur vous offrir mes services.

— Vous, madame!... Oh! vous êtes trop bonne, et je ne mérite pas tout l'intérêt que vous me témoignez. Ces demoiselles savent-elles que je suis malade?

— Oui, elles le savent depuis hier. Elles m'ont toutes chargée de vous dire qu'elles pensent à vous et s'affligent de vos souffrances.

— Je les en remercie. Ne pourraient-elles venir me voir ?

— Je n'oserais le leur permettre, quoiqu'elles le désirent beaucoup.

— Ma maladie est donc contagieuse ?

— Le docteur est fort content de vous aujourd'hui. Hier, il avait des craintes; mais il est complétement rassuré. Dans quelques jours, si vous ne pouvez pas encore reprendre votre place au milieu de vos compagnes, elles descendront auprès de vous.

— Vous me dites la vérité, n'est-ce pas, madame ? Je sais que vous ne voudriez pas me tromper; cependant je souffre beaucoup plus aujourd'hui qu'hier.

— Oui, mais hier on avait peur d'une fièvre typhoïde, et maintenant cette terrible maladie n'est plus à redouter.

— Comme mon pauvre père devait être inquiet ! Je comprends qu'il ait éloigné Paul et Marguerite, et je suis bien aise qu'il l'ait fait. Voulez-vous, madame, être assez bonne pour me donner à boire ?

— A boire, ma petite. Me voici, ne vous impatientez pas, dit Mme Baudrand, en se mettant sur ses pieds.

— Ne vous dérangez pas, reprit Lucile, me voici servie.

Anastasie fut toute surprise de voir Mme Lemire. Elle n'avait entendu entrer personne, et la conversation qui se tenait à quelques pas d'elle n'avait eu d'autre effet que de rendre son sommeil un peu moins profond.

— C'est singulier, dit-elle, je croyais être seule avec vous, mademoiselle. Il faut m'excuser, madame.

Je suis si fatiguée, que je n'ai pu m'empêcher de sommeiller une minute ; mais cela n'a pas d'inconvénients ; car aussitôt que mes malades ont besoin de moi, je les entends.

— Il est vrai que vous vous êtes éveillée dès que mademoiselle a demandé à boire, répondit Mme Lemire

— Cela m'arrive toujours. On ne dort que d'un œil, quand on a l'habitude d'être auprès des personnes qui souffrent.

— Vous avez peut-être depuis quelque temps passé bien des nuits ?

— Depuis six semaines, je ne suis entrée que trois fois dans mon lit. C'est dur, allez, madame, quand on a soixante-trois ans.

— Oui, c'est pénible, j'en conviens. Mais vous pourrez vous coucher ce soir, je veillerai près de Lucile.

— Oh ! non, madame, dit la jeune fille, je ne le souffrirai pas. Vous êtes si peu forte, que vous pourriez tomber malade.

— Ne craignez rien, reprit Mme Lemire, en faisant à Lucile un signe d'intelligence, je ne me fatiguerai pas ; mais il faut que cette pauvre dame aille se reposer. Elle reviendra demain.

— Puisque vous le voulez absolument, répondit la malade, je n'ai plus rien à dire. Madame Baudrand, profitez de la bonne volonté de madame, allez vous coucher, et dormez jusqu'à demain, afin que vous puissiez passer la journée sans ronfler.

Oh ! je ronfle si peu, que ce n'est pas la peine d'en parler. D'ailleurs me voilà reposée. Je vous veillerai, mademoiselle. Il faut bien gagner sa vie....

— Que cela ne vous inquiète pas, on vous payera comme si vous aviez veillé.

— Si c'est ainsi, mademoiselle, je n'ai plus rien à dire. Madame sait sans doute ce qu'il y a à faire : donner à boire à la malade aussi souvent qu'elle le voudra, la tenir chaudement couverte, et l'empêcher de causer, de peur que sa fièvre n'augmente.

— Bien ! madame Baudrand, vous pouvez vous retirer.

Anastasie adressa encore quelques recommandations à Lucile ; puis elle s'éloigna, en promettant de revenir le lendemain de grand matin.

— Me voilà donc débarrassée, dit Lucile. Ah ! que je vous remercie ! Vous ne sauriez vous imaginer combien cette femme me déplaît.

— Il y en a de plus désagréables. Vous comprenez, ma chère Lucile, qu'il faudrait un dévouement bien rare pour exercer un métier comme celui-là et ne pas s'en lasser.

— Cela est vrai. Mais vous n'allez pas rester auprès de moi, madame ; vous allez seulement tâcher de me trouver une autre garde. Vos élèves ont besoin de votre présence. Qui sait d'ailleurs si, en demeurant trop longtemps ici, vous ne leur reporteriez pas un peu de cette vilaine fièvre qui me dévore ?

Lucile faisait en riant cette réflexion ; mais Mme Lemire en fut frappée. Ne craignant rien pour elle-même, elle avait cru pouvoir visiter la malade ; elle n'avait pas songé aux quatre jeunes filles qui travaillaient auprès d'elle.

— Je vous quitte, dit-elle à Lucile. Si je trouve une garde qui vous convienne, je vous l'amènerai.

Deux heures après, elle revint, accompagnée d'une femme jeune encore, qui lui avait été recommandée, et dont la figure fraîche et l'air insouciant plurent à Lucile.

— Catherine viendra tantôt savoir de vos nouvelles,

dit Mme Lemire, qui voulait, avant de rentrer chez
elle, faire une longue promenade à travers Paris.

Elle croyait   son médecin le lui avait dit — que
la petite vérole n'est guère contagieuse au début,
mais seulement quand les boutons qu'elle produit
sont arrivés à leur entier développement. Toutefois,
elle pensait ne pouvoir prendre trop de précautions
pour que ses jeunes élèves n'eussent à courir aucun
danger.

VI.

Au moment où Catherine vint demander des nouvelles de Lucile, M. Bertin sortait tout effaré de la
chambre de sa fille.

— Mon Dieu! monsieur, lui dit la bonne vieille,
est-ce que mademoiselle est plus mal?

— Non, non; mais elle me fera devenir fou. Elle
a déja congédié sa première garde et elle veut que je
renvoie la seconde.

— Eh bien! c'est qu'elles ne lui conviennent pas.
Il n'y a pas un grand malheur dans tout cela, monsieur, et vous avez tort de vous en tracasser. On est
déja bien assez à plaindre quand on est malade; on
n'a pas besoin de garder autour de soi des gens qu'on
n'aime pas à voir.

— C'est vrai, ma brave fille, répondit M. Bertin.
Je ne voudrais certainement pas contrarier Lucile;
mais je trouve qu'elle est un peu difficile. Elle dit
que la personne que Mme Lemire lui a amenée est si

bavarde, qu'elle a la tête brisée de l'entendre, et que c'est en vain qu'elle l'a priée de se taire. Il paraît aussi que cette femme est brusque et que la pauvre malade n'ose rien lui demander. Priez Mme Lemire de m'excuser, si je ne conserve pas la femme qu'elle nous a amenée : Lucile veut absolument qu'elle parte ce soir même.

— Il faut obéir à Mlle Lucile. Madame ne s'en fâchera pas ; et si monsieur veut que je lui parle de l'ennui qu'il éprouve, elle se mettra, j'en réponds, à la recherche de quelque autre personne.

Mme Lemire courut de tous côtés et finit par trouver une femme âgée, mais d'un extérieur décent et d'une honnête physionomie. Lucile la vit sans déplaisir ; mais la bonne vieille était un peu sourde, et la malade, dont l'état empirait, se passait de soins, faute d'avoir la force de se faire entendre.

Lucile savait enfin de quelle maladie elle était atteinte D'énormes boutons lui couvraient les mains, les bras et le visage ; ses yeux étaient presque fermés, et elle souffrait tant, qu'elle n'avait pas le loisir de songer aux résultats probables de cette éruption. Mme Lemire n'allait plus la voir, le médecin l'ayant formellement défendu. Elle en était peinée ; mais elle obéissait, dans l'intérêt des jeunes filles confiées à ses soins.

On ne parlait que de Lucile à l'atelier ; on envoyait à chaque instant avoir de ses nouvelles, et l'on s'affligeait ou se réjouissait, selon l'espérance ou la crainte que ces nouvelles inspiraient.

Un jour — il y avait déjà près d'une semaine que Lucile manquait à la réunion — Catherine revint tout en larmes. Elle avait pénétré jusque dans la petite salle qui servait d'antichambre à l'appartement de la malade, et de là, elle l'avait entendue se plaindre de ses souffrances et de son isolement.

— Ah! madame, dit Catherine, si vous saviez comme la pauvre demoiselle se désole, comme elle appelle sa mère, son père, sa sœur. C'est à faire pitié.

— Pauvre Lucile! dirent en même temps Sophie, Mathilde et Rosa. Quel malheur que nous ne puissions pas aller la voir!

— Oh! non, vous ne le pouvez pas, répondit Charlotte; mais, moi, je le puis.

— Que dis-tu donc, Charlotte? demanda Mme Lemire.

— Oh! madame, je vous en prie, ne vous opposez pas à mon dessein. Depuis que Lucile est malade, j'ai voulu vingt fois vous demander la permission d'aller la soigner, et je n'ai pas osé parler. Aujourd'hui je n'hésite plus, et vous me rendriez bien malheureuse, si vous me refusiez. Songez donc, madame, que Lucile appelle sa mère, et que cette pauvre mère, qui ne peut secourir son enfant, m'a sauvée jadis du froid, de la faim, du malheur de rester toute seule sur la terre, quand il fallait encore une main pour me conduire. Vous, vous êtes ma seconde mère, madame. Je vous dois plus que la vie, je vous dois l'éducation; mais je ne vous aurais pas connue, si Mme Bertin ne m'avait prise en pitié longtemps avant vous, et n'avait rendu à ma mère la force et le courage de vivre jusqu'au jour où je devais vous rencontrer. Nous n'avons pu rien faire, ni elle ni moi, pour témoigner notre reconnaissance à Mme Bertin. Puisque l'occasion s'en présente, laissez-moi payer sa dette et la mienne.

Charlotte parlait avec animation : Ses grands yeux noirs étaient humides de larmes, et ses joues, ordinairement si pâles, avaient repris pour un moment les fraîches couleurs de la santé.

— Ma chère enfant, répondit Mme Lemire, je voudrais pouvoir consentir à ta demande; mais j'aurais trop de reproches à me faire, s'il venait à t'arriver malheur !

Mme Lemire était décidée à ne pas céder. Charlotte insista tellement; elle fit valoir de si bonnes raisons pour obtenir la permission qu'elle désirait, que ses compagnes, dont elle avait réclamé l'appui, se joignirent à elle et triomphèrent enfin du refus de sa bienfaitrice.

— Va donc, mon enfant, dit Mme Lemire, en la serrant sur son cœur.

— Merci, madame, merci ! murmura la jeune fille, en versant des larmes de joie. Merci à vous aussi, mes bonnes amies ! Adieu ! Mais non, au revoir ! Quand Lucile sera guérie, et qu'on m'aura fait faire quarantaine, je viendrai reprendre ma place au milieu de vous, ajouta-t-elle en riant. Embrassez-moi toutes, pour Lucile d'abord, puis pour moi.

Les jeunes filles conduisirent Charlotte jusqu'à l'escalier, lui souhaitèrent bonne chance et rentrèrent, tout émues, pendant que la courageuse enfant descendait gaiement chez Lucile.

Elle craignait de rencontrer soit le docteur, soit M. Bertin, et de se voir forcée de rebrousser chemin ; mais elle arriva jusqu'auprès du lit de la malade sans voir personne et sans éveiller la garde, qui venait de s'assoupir en tricotant. Nous ne parlons pas du domestique qui lui avait ouvert et l'avait laissée passer lorsqu'elle lui avait dit qu'elle venait de la part de Mme Lemire.

Charlotte s'arrêta, saisie de pitié, en apercevant Lucile. Celle-ci fit un mouvement ; elle avait entendu un pas léger, qui n'était ni celui de sa gardienne ni celui de son père.

— Qui vient là ? demanda-t-elle d'une voix faible. Est-ce toi, Marguerite ?

— Non, répondit Charlotte. Ta sœur viendra plus tard.

— Oui, quand elle n'aura plus rien à craindre, reprit Lucile, avec un peu d'amertume. Mais je ne veux pas qu'elle vienne, je ne veux pas qu'elle souffre comme moi. C'est trop cruel.

Charlotte s'approcha, releva l'oreiller sur lequel s'appuyait la tête de Lucile.

— Qui êtes-vous donc, vous qui n'avez pas peur de m'approcher? reprit Lucile. Vous ne répondez pas.... Vous êtes donc un ange que ma mère m'envoie....

— Non, Lucile, je ne suis pas un ange, je ne suis que votre amie.

— Mon amie.... Ah ! mon Dieu ! c'est Sophie.

— Chut ! murmura Charlotte, ne voulant pas se faire connaître, de peur que Lucile ne refusât ses services. Il ne faut pas parler, Lucile.

— Oh ! Sophie, ma bonne Sophie, je ne puis te voir ; mais ne me prive pas du bonheur de te parler et de t'entendre. Si tu savais ce que j'ai souffert depuis que je suis là !

— C'est parce que je l'ai deviné que me voici.

— On t'a donc permis de venir me voir ?

— Ce n'est pas sans peine que j'ai pu l'obtenir.

— On t'a recommandé de n'être pas longtemps ici. Tu vas partir ?

— Non, je ne te quitterai pas que tu ne sois guérie.

— Est-il possible? Tu ne sais peut-être pas que j'ai la petite vérole. Va-t'en bien vite. C'est un mal qui se gagne.

— Ne t'inquiète de rien. Je suis près de toi, j'y reste. As-tu besoin de quelque chose ?

— Non, je n'ai besoin que de t'entendre. Comme ta voix me paraît douce ! Figure-toi que je ne la reconnaissais pas.

— C'est l'effet de la maladie.

— Je trouvais qu'elle ressemblait à celle de Charlotte.... Tu ne croirais pas que j'ai le cerveau tout dérangé depuis que je suis malade.... Je ne sais souvent si je rêve ou si je délire.

— Repose-toi un peu, Lucile ; nous causerons plus tard. Tu es si faible, que je crains de te fatiguer.

— Je me sens bien plus forte depuis que tu es auprès de moi. Je souffre beaucoup. Il me semble que je suis dans une fournaise, dont les flammes me brûlent au dedans comme au dehors ; mais il y a quelque chose de plus terrible encore que ce mal, si affreux qu'il soit, c'est le chagrin de se voir livrée à des soins mercenaires. Voilà pourquoi j'appelais ma mère ; car ma mère ne m'aurait pas abandonnée.

— Veux tu que je te donne à boire ? Tu as de la peine à parler et à respirer.

— Dis à la garde de te donner ma tisane, et tu me l'apporteras.

— Laissons dormir cette pauvre femme, nous serons plus libres. Voici une petite fiole, près de laquelle est une cuiller à café ; puis une tasse et une cafetière de tisane sur la veilleuse. On verse la cuillerée de sirop dans la tisane, n'est-ce pas ?

— Oui. On l'agite jusqu'à ce qu'il soit bien délayé. Elle est si mauvaise, cette tisane, que mon cœur se soulève dès que j'en sens l'odeur.

— Si je pouvais la prendre à ta place, je le ferais volontiers ; mais arme-toi de courage, et bois-la tout d'un trait, si tu veux me faire un grand plaisir.

— Je le veux, dit Lucile, en prenant la tasse des mains de Charlotte, et en la vidant jusqu'à la dernière goutte.

— Maintenant tu vas tâcher de dormir, ou du moins tu vas, pour te reposer, garder le silence jusqu'à cinq heures. Tu sais que quatre heures et demie viennent de sonner.

— Tu ne t'en iras pas.

— Non, je serai là, près de toi. Je vais t'aider à te tourner du côté du mur; le jour doit blesser tes yeux malades.

— Oui, je le vois à travers mes paupières closes. Je dois être bien laide, Sophie.

— De quoi t'occupes-tu? Quand tu serais laide, cela ne durera pas.

— Cela dure quelquefois. Mlle Mercier était bien jolie, elle ne l'est plus.

—Est ce donc un si grand malheur? Quand on est laide et qu'on veut être aimée, il faut bien qu'on s'efforce de plaire par ses talents et sa bonté. On cultive donc son esprit et son cœur, on réforme son caractère, et l'on acquiert des qualités qui valent mille fois mieux que la beauté.

— Tu penses ce que tu dis, Sophie?

— Oui, Lucile, je le pense. Mais tu n'as pas besoin de songer à cela, car le docteur assure que tu ne garderas aucunes traces de ta maladie.

— Il me le répète chaque fois qu'il vient; mais c'est son métier de rassurer ses malades, et j'ai plus de foi dans tes paroles que dans les siennes. Quand nous étions à la pension, tu me disais toujours la vérité.

— Tu ne veux donc pas dormir? Faut-il que je m'en aille pour que tu sois tranquille? dit Charlotte, qui rougissait de tromper Lucile, au moment même où celle-ci vantait sa sincérité.

— Je n'ai pas sommeil. D'ailleurs, il vaut mieux que je dorme la nuit que le jour, quoique le jour et la nuit diffèrent bien peu pour moi, puisque j'ai les yeux fermés. C'est quelque chose de si pénible, que

par moments l'idée de rester aveugle me saisit et me
désespère.

— Que dis-tu donc? Rien n'est plus ordinaire, dans
cette maladie, que d'avoir les yeux clos pendant
quelque temps La maladie a gonflé tes paupières,
mais ta vue n'en saurait être altérée.

— Tu me le dis pour me rassurer...

— Non. Crois-moi et prends patience. La patience
est un excellent remède à tous les maux. Elle les
adoucit, tandis que les inquiétudes exagérées, le
dépit, la colère, les rendent insupportables. Tu peux
en faire l'épreuve.

— Elle est toute faite. Hier et ce matin je me
désolais, je murmurais contre mon mal et contre tout
le monde. Je n'avais que des idées noires. Depuis que
tu me parles, je me sens plus calme, et je commence
à espérer la guérison. Il est vrai que ce matin j'étais
seule et que je ne le suis plus.

— Quel bonheur que j'aie pu obtenir la permission
de venir auprès de toi! dit Charlotte.

Elle ramena la couverture sur les bras de Lucile,
tira les rideaux et s'approcha de la fenêtre.

La garde-malade ouvrit les yeux et se crut le jouet
d'un songe, en apercevant une toute jeune fille tranquillement assise dans cette chambre dont chacun
s'éloignait avec effroi.

— Que faites-vous donc ici? lui demanda-t-elle.

— Je viens vous aider à soigner mon amie, répondit Charlotte.

— C'est une imprudence, mademoiselle. La petite
vérole se gagne, et franchement ce serait dommage,
si vous l'attrapiez ; car vous êtes bien jolie.

— Ma chère dame, reprit Charlotte en rougissant,
je vous prie de ne pas parler de ce danger devant
notre malade. Ce serait la tourmenter mal à propos ;

car je suis bien décidée à ne pas la quitter qu'elle ne soit guérie.

— Vous n'avez donc pas peur de la petite vérole? C'est que vous n'avez pas vue Mlle Lucile. Je vais écarter un peu ses rideaux, et vous la regarderez.

— Il y a plus de deux heures que je suis auprès d'elle, deux heures que vous dormez, ma bonne dame. Vous voyez que vous avez besoin d'une aide ou que ma pauvre amie sera bien mal soignée.

— J'ai dormi un peu, c'est vrai; mais deux heures....

— Je suis entrée ici à deux heures et demie; il est cinq heures moins vingt-cinq minutes. Que dirait le docteur, s'il savait cela?

— Ne le dites pas, mademoiselle, je vous en prie. Que voulez-vous? C'est la fatigue, c'est l'âge Pourtant les malades m'aiment tous, Mlle Lucile aussi. Pourquoi ne m'a-t-elle pas appelée? Je ne me fâche jamais quand on me réveille.

— J'étais là, je lui ai donné ce qu'il lui fallait. En nous arrangeant, nous ne serons fatiguées ni l'une ni l'autre, et Mlle Bertin sera bien soignée.

— Vous le voulez, j'y consens. Qui sait si le mal n'est pas déjà fait, puisqu'il y a si longtemps que vous êtes là.

La bonne vieille était un peu sourde, nous l'avons déjà dit; Charlotte avait eu la précaution de l'emmener dans l'antichambre, pour ne pas troubler Lucile, qu'elle supposait endormie. Elle ne se trompait pas. Ce sommeil, que la malade appelait en vain depuis plusieurs jours, dura jusqu'à l'heure habituelle de la visite du docteur, que M. Bertin amenait chaque soir dans sa voiture.

Ils entrèrent ensemble. Lucile accueillit tendrement son père, et tendit la main au docteur, en lui disant :

— Je vais beaucoup mieux, n'est-ce pas, monsieur Dupré?

— En effet, dit celui-ci, la fièvre est moins forte, la peau moins sèche et moins brûlante. Patience! dans quelques jours, tout ira bien. Vous continuerez à prendre la même tisane, puisqu'elle vous réussit.

— Ah! docteur, ne soyez pas si fier, reprit Lucile. Le mieux que vous reconnaissez n'est pas votre ouvrage, c'est celui d'une bonne, d'une véritable amie, qui s'est dévouée pour me soigner. Viens donc, Sophie, que mon père te voie et qu'il te remercie.

Charlotte, qui s'était cachée derrière les rideaux, fut obligée de se montrer.

— Eh quoi! c'est vous, mon enfant? lui dit M. Dupré, qui se trouvait être aussi le médecin de Mme Lemire. Comment êtes-vous ici?

— Lucile est ma meilleure amie, répondit Charlotte, en posant un doigt sur ses lèvres et en adressant au docteur un regard suppliant.

— Vous êtes encore souffrante; il faut beaucoup vous ménager, reprit-il.

— Ne me renvoyez pas, monsieur Dupré, dit Charlotte. Si vous ne voulez plus que je voie Lucile, l'inquiétude me fera plus de mal que ne m'en aurait fait la fatigue. Si vous saviez comme je souffrais depuis que je la savais malade! Aujourd'hui que ma mère m'a permis de venir auprès d'elle, il me semble que je suis guérie.

Charlotte avait appuyé d'une certaine façon sur ces mots, *ma mère;* le docteur ne les releva pas.

— Voilà ce que c'est, dit-il, que d'être si nerveuse. Vous voyez cette jeune fille, ajouta-t-il, en s'adressant à M. Bertin. Elle est bien pâle, bien délicate, n'est-ce pas? Pourtant elle est plus forte que vous et moi : elle passera vingt nuits, s'il le faut, auprès de son amie, et elle tomberait sérieusement malade, si je la forçais à s'éloigner.

— Est-ce donc le chagrin que je t'ai causé qui t'a rendue si pâle? demanda Lucile Tu étais fraîche comme une rose, il n'y a pas plus de huit jours.

— Il est certain que j'en ai eu beaucoup, répondit Charlotte, en regardant encore le docteur.

— Eh bien! n'en ayez plus, reprit M. Dupré. Votre amie est hors de danger, c'est moi qui vous en réponds.

VII.

Après le départ du docteur, Charlotte respira. Elle avait eu de terribles battements de cœur pendant cette conversation. Elle craignait que M. Dupré ne la trahît sans le savoir, et que Lucile, revenant à ses anciennes préventions, ne voulût plus de sa présence ni de ses soins.

Chaque jour cependant, une confiance plus grande, une amitié plus tendre s'établissaient entre les deux jeunes filles. Lucile avait fait à Charlotte l'entière confidence des chagrins que lui avait causés sa sœur. Honteuse de surprendre des secrets que son amie croyait révéler à une autre, Charlotte s'efforçait de la consoler, sans blâmer Marguerite.

— Quand ta sœur te connaîtra mieux, elle t'aimera comme tu le mérites, disait-elle ; mais il faut que tu la ramènes à toi par la douceur, par la patience, peut-être même par la soumission.

— Si je l'avais vue malade, je ne l'aurais pas abandonnée, répondit Lucile. Va, ma chère Sophie, ce n'est
pas Marguerite qui est ma sœur c'est toi ; et, tant que
je vivrai, je me rappellerai de quelle manière elle et
toi vous m'avez traitée.

Charlotte n'était pas sans inquiétude. Elle s'était
tellement attachée à Lucile, depuis qu'elle la soignait,
qu'elle ne pensait qu'avec effroi à la possibilité d'en
recevoir ou des reproches ou des remerciements
pleins de froideur. La malade parlait, de temps en
temps, de ses compagnes d'atelier, Mathilde et Rosa ;
mais de Charlotte, jamais ; ce qui semblait prouver
qu'elle continuait à lui garder rigueur.

Un matin, Charlotte, succombant à la fatigue, s'était
endormie dans l'antichambre, après avoir prié la
garde de prendre sa place auprès de Lucile. Elle se
réveilla, en s'entendant appeler par son amie

— Sophie, ma bonne Sophie, que je suis heureuse !
Mes yeux me sont rendus.

Charlotte, qui s'était levée avec empressement, se
laissa retomber sur sa chaise. Cette nouvelle l'atter-
rait, en même temps qu'elle la comblait de joie.
Toutefois, il n'y avait pas à reculer ; Lucile appelait
toujours.

— Sophie, où es-tu donc ? Viens vite, que je te voie.

— Me voici, s'écria Charlotte, s'armant de tout son
courage.

— C'est vous, Charlotte ! dit Lucile, avec un peu de
surprise. Que venez-vous faire ici ? C'est déjà trop que
Sophie se soit exposée pour moi. N'entrez pas dans
ma chambre, je vous en prie.

Charlotte s'avança jusqu'au lit, et, s'y appuyant, elle
murmura :

— Pardonnez-moi, Lucile. Je vous ai trompée : ce
n'était pas Sophie.

— Ce n'était pas Sophie !... répéta la malade.
Ainsi, c'est vous, Charlotte, qui vous êtes dévouée
pour moi ! C'est vous qui êtes venue vous enfermer
ici, pendant que tout le monde me fuyait ! vous qui
m'avez soignée avec une amitié si patiente ! vous qui
m'avez soulagée et consolée ! vous qui m'avez sauvé la
vie !

— Lucile, chère Lucile, vous me pardonnez donc....

— Ah ! Charlotte, de quelle confusion vous me
couvrez ! Je ne pouvais m'expliquer le dévouement de
Sophie, et je me demandais comment il me serait
possible de lui en témoigner ma reconnaissance.
Pourtant Sophie était ma meilleure amie, tandis que
vous, Charlotte.... J'ai le cœur brisé.... J'étouffe....
Laissez-moi pleurer.

— Mon Dieu ! Lucile, vous allez vous rendre plus
malade, et c'est moi seule que vous en pourrez
accuser. Ne pleurez pas, je vous en supplie.

— Que vous ai-je donc fait, Charlotte, pour que
vous m'aimiez à ce point ?

— Dites-moi que vous ne regrettez pas de me devoir
le léger service que je vous ai rendu, et j'en serai trop
payée.

— Charlotte, je t'aime encore plus que ce matin je
n'aimais Sophie. Je ne croyais pas que cela fût possible ; mais cela est. J'ai eu tant de torts envers toi....
Comment pourrais-je les réparer ?

— Tais-toi, Lucile, ou je me sauve.

— Non, reste. Je ne dirai plus rien.

La convalescence de Lucile fut rapide, et bientôt il
ne lui resta, de la cruelle maladie qui avait failli
l'enlever, que des taches violettes, dont la teinte dimi-
nuait chaque jour, et qui devaient s'effacer sans laisser
la moindre trace. Le docteur avait prévu ce résultat,
en voyant le soin continuel avec lequel Charlotte

exécutait ses prescriptions. Il n'en fut donc pas surpris ; mais ce qui l'étonna beaucoup, ce fut de voir l'orpheline, jusque-là si souffrante et si chétive, se fortifier tout à coup et prendre les apparences de la plus belle santé.

— Voilà, lui dit-il, une cure dont je ne puis me faire honneur. Vous avez respiré pendant quinze jours un air vicié par la variole ; vous avez veillé pendant quinze nuits ; vous avez eu beaucoup de fatigue, beaucoup d'inquiétude ; c'est un régime que je n'aurais jamais pensé à vous ordonner.

— J'ai une amie, murmura Charlotte à l'oreille de Lucile, et je n'en avais pas.

Les deux jeunes filles ne pouvaient plus se quitter. Ce fut Charlotte qui conduisit Lucile chez Mme Lemire, quand M. Dupré déclara que cette visite serait sans danger pour leurs compagnes. Elles y reçurent le plus tendre accueil, et Lucile, qui avait promis à son amie de lui épargner tout témoignage de reconnaissance, ne put toutefois s'empêcher de dire, en la regardant :

— C'est elle qui m'a sauvée.

M. Bertin écrivit à Paul et à Marguerite pour les engager à revenir. Il lui tardait de se réjouir avec eux de la guérison de Lucile ; mais il reçut de sa fille aînée la petite lettre suivante :

« Mon bon père,

« Paul et moi nous sommes enchantés de ce que Lucile soit guérie. Je la félicite de n'être pas marquée de la petite vérole ; cela grossit les traits et gâte le teint. La saison est très brillante à Dieppe ; on n'y a jamais vu plus de monde, ni un monde plus élégant. Tu nous permettras d'y rester encore un mois ; car nous nous y plaisons à merveille, et tu nous enverras un peu d'argent, 5 ou 6,000 fr. pour Paul et autant pour moi. Tu sais que je suis partie sans emporter de toilette, et les étoffes coûtent plus cher ici qu'à Paris. Mon frère n'a pas de robes à acheter, ; mais il a joué, il a perdu, et sa bourse est à sec, comme la mienne.

« Embrasse Lucile pour nous. Franchement j'aime autant ne l'embrasser tout de bon que quand ses joues auront repris leur couleur naturelle. Adieu, père. Je t'aime de tout mon cœur. »

M. Bertin n'osa pas faire voir cette lettre à Lucile. Il dit que le médecin conseillait à Marguerite de prendre des bains de mer jusqu'à la fin de juillet, et que Paul était obligé de rester à Dieppe avec elle. Il envoya l'argent qu'on lui demandait, mais en recommandant à ses enfants d'être plus économes, attendu que les affaires étaient loin de marcher comme les années précédentes.

— Papa crie misère, dit Marguerite à son frère ; il faut tâcher d'être plus sage.

Mais Paul était joueur, et le jeu est une passion funeste. Dès qu'il tenait les cartes, il oubliait ses résolutions, ses promesses, et il ne se retirait que le dernier, soit que la chance le favorisât, soit que la fortune lui fût contraire.

M. Bertin était blessé de l'indifférence de Paul et de Marguerite pour Lucile. Il ne les voyait pas non plus sans inquiétude faire d'aussi grandes dépenses ; mais il ne souffrait pas de leur absence. Jamais le séjour de sa maison ne lui avait été aussi agréable que depuis qu'il y était seul avec sa plus jeune fille. Simple par goût et par habitude, il ne se pliait pas sans peine à la nécessité de recevoir du monde, de donner des soirées, de s'emprisonner dans un habit noir, une cravate blanche et des bottes vernies. Ses pantoufles, sa robe de chambre, un bon fauteuil au coin du feu l'hiver, près de la fenêtre en été, lui paraissaient être, après une journée de travail, l'idéal du bonheur.

Ce bonheur, il le goûtait avec Lucile. Ils passaient en tête à tête presque toutes leurs soirées, et M. Bertin, qui avait presque toujours vu la jeune fille maussade, s'étonnait de lui trouver un caractère doux, aimable. enjoué, qui le charmait chaque jour davantage. Quelquefois Charlotte descendait avec Mme Lemire. On causait, on faisait un peu de musique, on prenait le thé, et l'on se retirait à dix heures.

— Voilà les réunions que j'aime, disait M. Bertin. Si les goûts de Lucile ne changent pas, c'est ainsi que nous vivrons quand Marguerite sera mariée.

Il formait intérieurement des vœux pour que ce moment ne se fît pas trop attendre ; mais il aimait assez sa fille pour le différer jusqu'à ce qu'il trouvât pour elle un parti convenable.

Marguerite lui épargna la peine de le choisir. Peu de jours après son retour de Dieppe, Paul présenta à M. Bertin un jeune homme avec lequel il s'était lié, pendant la saison des bains, et qu'il aimait, dit-il, comme un frère. Ce jeune homme n'était ni mieux ni plus mal que la plupart de ceux qu'on rencontre dans le monde. Il portait avec élégance des habits d'une coupe irréprochable ; il avait d'excellentes manières, de jolis traits, une barbe bien soignée, et des cheveux d'un noir de jais. C'était à peu près tout son mérite, et le renard du bon la Fontaine eût pu dire, après l'avoir sévèrement examiné : « Belle tête ! mais de cervelle, point. »

Il en avait assez toutefois pour calculer que le fabricant de bougie, étant fort riche et adorant sa fille, lui assurerait une dot magnifique. Cette dot lui faisait trouver supportables les défauts de Marguerite, dont il avait subi les caprices et reconnu la coquetterie.

M. Latour (ainsi se nommait le prétendant à la main de Marguerite) était le créancier de Paul pour une somme considérable. Il lui avait accordé tout le temps nécessaire pour s'acquitter, à une condition cependant : Paul devait aider le jeune homme à devenir son beau-frère. Marguerite avait accepté l'intermédiaire de Paul, et lui avait laissé le soin de dire ce qu'il croirait nécessaire pour obtenir le consentement de M. Bertin.

Il suffisait que M. Latour fût l'ami de son fils pour que l'honnête négociant le reçût fort bien. Le reste ne devait pas offrir de grandes difficultés, puisque le négociant avait toujours fait ce que désirait sa fille aînée.

Cependant Paul crut pouvoir abuser de la bonne foi de son père, en donnant à la présentation de M. Latour une certaine solennité.

— Mon père, dit-il, embrassez ce jeune homme. Sans lui, vous seriez aujourd'hui plongé dans la douleur.

— Que veux-tu dire ? demanda M. Bertin.

— Ne le devinez-vous pas ? reprit Paul. Marguerite, notre chère Marguerite dormirait dans la tombe, sans le dévouement dont mon ami a fait preuve.

— Quel danger as-tu donc couru, ma fille ? dit M. Bertin en pâlissant. Tu t'es exposée sans penser à ton vieux père, qui n'aurait pu te survivre. Mais parle vite : que t'est-il arrivé ?

— Voyez comme elle est émue, continua Paul, en évitant à Marguerite l'embarras de répondre ; car elle ne savait à quel péril M. Latour l'avait arrachée, Paul n'ayant pas songé à l'avertir du conte qu'il voulait faire. Mon père, ajouta-t-il, en prenant un air contrit, je vous avais promis de veiller sur Marguerite, de ne pas la quitter d'un instant, je n'ai pas tenu parole Un jour que je m'étais éloigne de Dieppe, pour dessiner un point de vue, j'oubliai l'heure à laquelle ma sœur m'avait donné rendez-vous pour une promenade en mer. L'imprudente partit sans moi, avec quelques dames et deux ou trois jeunes gens, au nombre desquels se trouvait heureusement M. Latour L'embarcation gagne le large par un temps magnifique ; mais voilà que, vers le soir, arrive un coup de vent : la mer grossit, l'orage se déchaîne ; le canot lutte tant qu'il peut ; mais il perd ses voiles, son gouvernail, et le dernier effort de la tempête le renverse au moment où il se croyait près de toucher terre. M. Latour n'avait pas un instant cessé de rassurer Marguerite. En la voyant disparaître sous les flots, il oublia sa propre sûreté. Il plongea plusieurs fois pour la ressaisir, et, malgré les vagues furieuses, il arriva sur la grève, brisé, anéanti, suffoqué, mais sans avoir abandonné son précieux fardeau.

— Oh ! mon ami, mon cher ami, s'écria M. Bertin, en serrant dans ses bras le prétendu sauveur de sa fille, comment pourrai-je jamais m'acquitter envers vous ?

— Ah ! monsieur, je suis trop ambitieux ; vous me repousserez certainement.

— Je n'ai rien à refuser à celui qui m'a conservé Marguerite.

— Ce que veut M. Latour, mon père, c'est Marguerite elle-même, dit Paul, enchanté du succès de sa petite fable.

— Monsieur Latour, reprit le négociant, je ne marierai jamais ma fille sans lui laisser la liberté de se prononcer. Si elle vous accepte, mon consentem-nt vous est assuré.

Marguerite baissa les yeux et répondit que la volonté de son père serait toujours la sienne.

— Tout est donc pour le mieux, dit M. Bertin. Monsieur Latour, voici ma fille ; il est juste que je vous la donne, puisqu'elle vous doit la vie.

Marguerite s'amusa beaucoup de la crédulité de son père ; Latour en fit autant, et ni l'un ni l'autre ne songèrent à reprocher à Paul d'avoir trompé cet excellent homme. Lui-même n'en eut pas le moindre remords, et peu s'en fallut qu'en se glorifiant de cet exploit, il n'avouât devant Lucile sa coupable super-cherie. Il sut s'arrêter dans le chemin des confidences, pas assez tôt cependant pour que la jeune fille ne soupçonnât pas une certaine entente entre son frère et le futur mari de sa sœur.

Elle osa donc demander à son père s'il n'avait pas trop tôt donné sa parole, et s'il pensait que Marguerite dût trouver des garanties de bonheur dans son union avec M. Latour.

— Il est vrai, répondit M. Bertin, que je le connais peu, ou que, pour mieux dire, je ne le connais pas ; mais à ma place chacun eût fait comme moi, dans l'élan de sa reconnaissance J'ai pensé depuis que j'avais été trop vite. Je me dis, toutefois, pour me consoler, que ce mariage devait être arrangé d'avance, et que l'opposition que j'aurais pu y faire n'en aurait pas détourné Marguerite.

Pour la tranquillité de sa conscience, M. Bertin prit quelques renseignements, qui se trouvèrent favorables au jeune homme. Il appartenait à une honnête famille ; il avait été clerc de notaire, et il ne lui manquait que de l'argent pour se mettre à la tête d'une étude. On disait bien qu'il en avait deux fois mangé le prix, et que ses parents, mécontents de ses prodigalités, renonçaient à s'occuper de lui ; mais les parents, avertis d'un bruit si fâcheux, s'empressèrent de le démentir, et M. Bertin se sentit un peu rassuré.

Le mariage se fit avec une telle pompe, que Marguerite eut le plaisir d'entendre dire autour d'elle : « C'est une princesse russe, qui épouse un Anglais riche à millions. »

Les nouveaux époux louèrent un charmant hôtel, où ils s'installèrent comme s'ils eussent été réellement des millionnaires. M Bertin demanda quand on chercherait une étude à céder. M. Latour répondit qu'il s'était entendu avec un notaire, qui désirait encore exercer pendant un an. Il ajouta qu'il n'était pas fâché de ce délai, parce qu'il désirait que Marguerite jouît un peu de la lune de miel. Le négociant risqua quelques observations pleines de sagesse ; sa fille bien-aimée lui ferma la bouche avec un baiser.

M. Bertin n'avait pas soixante ans ; mais il commençait à ressentir les atteintes de la vieillesse. Il engagea Paul à reprendre la fabrique de bougie, qu'il ne pouvait plus surveiller comme il le désirait. Paul ne fut pas ravi de la proposition. Il était vain, comme beaucoup de jeunes gens oisifs, pour qui le travail est un déshonneur ; mais, toutes réflexions faites, il accepta ce que lui offrait son père, parce qu'il entrevit dans cette position une grande facilité de se procurer l'argent nécessaire à ses folles dépenses.

Pour se débarrasser de la surveillance de son père, il montra d'abord beaucoup de zèle, d'intelligence et d'exactitude. Mais quand M. Bertin, se croyant bien remplacé par le jeune homme, se réjouit de prendre enfin le repos dont il avait besoin, Paul commença de négliger le travail et d'arranger tout autrement sa vie.

Il prit, dans un quartier élégant, un appartement de garçon, où il se rendit chaque jour, au lieu d'aller à la fabrique. Il eut un cheval de luxe, un valet dont il acheta fort cher la discrétion, et il ne fit plus que de courtes apparitions dans l'usine, que M. Bertin avait abandonnée.

Paul prit toutes ses mesures pour ne pas se compromettre. Il engageait de temps en temps son père à venir voir si telle ou telle chose marchait bien, et il convenait avec lui du jour et de l'heure de sa visite. M. Bertin le trouvait toujours ainsi à son poste, et n'avait rien à demander aux ouvriers, qui l'eussent instruit sans doute des fréquentes absences de leur jeune patron.

A la fin de l'année, époque de l'inventaire, M. Bertin tomba malade. Paul fit donc seul cette importante opération, et, par une habile transposition des chiffres, il sut cacher à son père le véritable état de la fabrique. Il est juste de dire toutefois que Marguerite, lui rappelant la complaisance qu'elle avait naguère eue pour lui, obtint de puiser à plusieurs reprises dans la caisse dont il était le gardien.

Depuis le mariage de Marguerite, c'était Lucie qui tenait la maison de M. Bertin. Elle en avait retranché tout ce qui déplaisait au négociant, et elle y avait rappelé ses anciens amis, dont il avait souvent déploré l'éloignement.

Marguerite négligeait beaucoup M. Bertin. Quand il lui en faisait des reproches, elle s'excusait sur ce qu'elle n'avait pas un instant à elle. En effet, les bals, les spectacles, les soirées, les parties de plaisir de toutes sortes, l'obligation de se montrer partout, enfin les laborieuses recherches de la toilette remplissaient tellement ses journées, qu'elle ne trouvait même pas le temps de penser à sa famille.

— La lune de miel doit toucher à sa fin, dit un jour M. Bertin à son gendre Il me semble que le notaire dont vous m'avez parlé oublie la parole qu'il vous a donnée.

— Hélas ! répondit M. Latour, je n'ose la lui rappeler.

— Pourquoi donc?

— Parce que j'ai disposé des fonds que je destinais au payement de l'étude. Un placement des plus avantageux s'est présenté. Je ne voulais pas laisser mon argent improductif; j'ai acheté des valeurs qui ont beaucoup baissé et que je ne pourrais revendre sans perte Aussi j'attends qu'elles reprennent faveur.

— Si la perte n'est pas trop considérable, il vaut mieux la subir que de rester plus longtemps oisif. Il me tarde de vous voir une po-ition.

— Je vous remercie de l'intérêt que vous me portez. Je n'en ai jamais douté ; cependant je n'ose, comme Marguerite m'y a plus d'une fois engagé, vous prier de me prêter la somme dont j'ai besoin pour entrer en possession de l'étude.

— S'il ne vous faut que quelques milliers d'écus pour compenser la baisse de vos valeurs, je vous les avancerai.

— Il me faudrait tout. car je ne puis me décider à vendre avec perte des actions qui deviendront excellentes.

— Tout? répéta M. Bertin. Je ne puis pas cependant faire plus pour Marguerite que pour son frère et sa sœur.

— Veuillez remarquer, monsieur Bertin, que ce n'est pas moi qui vous ai parlé de cela Vous me demandez pourquoi je ne suis pas notaire. il faut bien que je vous réponde D'ailleurs, il ne s'agit que d'une avance, que je vous rembourserai dans un bref délai. L'étude est très bonne, j'y ferai des affaires d'or; mais, tout compté et rabattu, j'aime autant ne pas m'en charger encore. Je suis jeune, et la vie que je mène ne me déplaît pas. J'ai le temps de m'enfermer dans mon cabinet, pour recevoir les clients et griffonner du papier timbré.

— Mais, mon cher ami, la vie que vous menez doit coûter gros, et vous ne pouvez la continuer sans manger le fonds avec le revenu.

M. Bertin ne se trompait que sur une seule circonstance : c'est que le fonds, qu'il craignait de voir entamer, avait déjà disparu Quant aux valeurs que M. Latour ne pouvait se décider à vendre, elles n'avaient jamais existé Sans les emprunts que Marguerite avait faits à la caisse de la fabrique, depuis que Paul en avait les clefs, l'opulent ménage eût été déjà poursuivi par bon nombre de créanciers. Mais pour inspirer quelque confiance à son beau-père, il ne fallait pas que M. Latour lui avouât la vérité.

— Ne vous inquiétez pas, monsieur, répondit-il. Beaucoup de gens dépenseraient plus que nous sans mener aussi grand train; le tout est de savoir s'arranger. Quant aux capitaux en question, vous vous consulterez: je ne voudrais pas vous causer la moindre gène ni le plus léger souci.

Marguerite vint dans la journée passer une heure avec son père. Il y avait longtemps qu'elle n'avait fait que l'embrasser à la hâte. Il se réjouit de la retrouver, et elle sut se montrer si aimable, si caressante, que toute la tendresse de M. Bertin se réveilla.

— Tu as vu mon mari ce matin, lui dit-elle. T'a-t-il parlé de son étude? Tu ne saurais croire combien je le presse de travailler; mais il ne me fait que des réponses évasives.

— Il ne veut pas te dire qu'il n'a plus les fonds

nécessaires au payement de l'étude. Il en a disposé ailleurs, et je crains qu'il n'ait agi avec peu de réflexion. Il m'a parlé de valeurs qui sont en baisse.

— Oui, des actions de la Ligne d'Italie, qui deviendront très bonnes, dit-on, et qu'il ne pourrait maintenant vendre sans perte.

— Je ne connais pas grand'chose à ces valeurs de bourse. J'ai toujours mis mes bénéfices dans mon commerce : c'est le placement le plus sûr et le plus productif.

— Mais nous, père, nous ne sommes pas négociants. Nous avons voulu nous faire des rentes, et voilà qu'aujourd'hui nous ne pourrions réaliser sans beaucoup de perte.

— Il vaut mieux attendre. Cependant je ne sais si je pourrai vous avancer la somme dont vous avez besoin. J'ai des payements considérables à faire, et Paul, qui ne connaît pas encore bien ma clientèle, a reçu des billets dont mon banquier se méfie.

— Qu'à cela ne tienne, mon père. Le notaire se contentera de ta signature. Donne-la, et nous te serons très reconnaissants de cet acte de complaisance. Je te dirai franchement qu'il me tarde de voir mon mari occupé. De crainte qu'il ne s'ennuie et qu'il ne fasse de mauvaises connaissances, je suis obligée de mener une vie qui m'excède et à laquelle ma santé ne résistera pas longtemps.

— Je ne voulais pas te le dire, mais je te trouve pâle, et tu as les traits fatigués.

— Tu crois donc que je ne le vois pas ? J'ai vieilli de dix ans depuis que je suis mariée.... J'ai déjà des cheveux blancs.... Tu me regardes ?... Oui, père, des cheveux blancs ; je m'en suis arraché un hier, et j'en ai pleuré toute la journée. Mon mari une fois placé, j'arrangerais autrement mon existence. Je ne renoncerais pas au monde ; car je l'aime et je ne m'en cache pas ; mais je ne me laisserais pas emporter sans relâche par ce tourbillon qui m'étourdit et qui me suffoque. Je prendrais du repos ; je me ménagerais, et surtout je réserverais chaque semaine au moins deux soirées pour mon père, mon bon père, que j'aime tant et qui m'oublie, maintenant qu'il ne me voit plus.

— Ingrate ! peux-tu dire cela ? Tu ne sais donc pas ce que je souffre de ton absence ?

— Lucile te console.

— Ta sœur est charmante ; mais cela ne m'empêche pas de t'aimer et de te regretter.

— Si cela est vrai, nous le verrons bien. Six lettres à poser au bas d'un acte, et ton démon, ton lutin, ton enfant gâté te sera rendu.

M. Bertin savait fort bien ce que c'est qu'une signature, il n'y a pas un commerçant qui l'ignore. Mais il s'était habitué à faire aveuglément tout ce que désirait Marguerite, et l'espoir de la voir revenir chez lui plus souvent eût suffi, d'ailleurs, pour lui fermer les yeux. Disons toutefois, pour son excuse, qu'il était loin de soupçonner la bonne foi de M. Latour, et qu'il croyait, en assurant l'avenir de son gendre, ne faire aucun tort à ses deux autres enfants.

Il signa donc un engagement par lequel il se rendait solidaire d'une somme de 100,000 fr., prix de l'étude que M. Latour avait achetée. Il le fit sans en rien dire à Lucile, non qu'il craignît d'exciter son mécontentement ou sa jalousie ; mais il ne voulait pas que Mlle Bertin le sût, et il ne se souciait pas non plus de prier Lucile de n'en pas parler à sa tante.

Mlle Bertin était à Paris depuis quelques semaines seulement, et déjà elle se disposait à repartir. Depuis la chute qu'elle avait faite et qui l'avait empêchée de venir soigner Lucile, elle était restée boiteuse, infirmité dont elle eût pris son parti sans trop de peine ; mais elle était en outre affligée de douleurs conti- nuelles, pour lesquelles on l'avait engagée à consulter les célébrités médicales de Paris. Elle vit tous les docteurs en renom ; et comme ils ne purent s'accorder ni sur les causes de son mal ni sur le traitement capable de la soulager, elle résolut de suivre l'avis de M. Dupré, le médecin de la famille, qui lui conseillait la patience et l'air de la campagne.

Elle regrettait de quitter la maison de M. Bertin, devenue l'asile de la paix et du bonheur ; mais elle était désormais sans inquiétude sur le compte de Lucile, dont l'amitié de Charlotte et les sages avis de Mme Lemire avaient fait une jeune fille modeste, sérieuse, dévouée à son père et sincèrement attachée à tous ses devoirs.

Lucile avait réformé son caractère orgueilleux et susceptible. Elle était douce, patiente, charitable, et elle ne se rappelait jamais sans une grande confusion la vanité qui l'avait portée à se montrer si dure envers Charlotte. Elle avait pardonné de tout son cœur à Marguerite et à Paul ; elle les recevait avec affection, et elle cherchait à gagner leur confiance, pour les ramener doucement à une vie utile et laborieuse.

Le succès répondait mal à ses efforts ; mais elle ne se décourageait pas. Déjà Marguerite avouait que cette petite prude avait du bon et qu'il n'était pas impos- sible de l'aimer ; Paul l'écoutait sans impatience, et lui disait :

— Quand je serai vieux, je me ferai ermite, si tu le veux ; mais laisse-moi jouir de ma jeunesse. Elle ne s'envolera que trop tôt.

VIII.

Il y avait deux mois que M. Bertin s'était rendu
caution des 100,000 fr. que devait coûter l'étude de
M. Latour. Marguerite, oubliant ses belles promesses,
s'était à peine montrée chez son père ; encore avait-
elle choisi, pour y faire deux ou trois courtes apparitions, le moment où elle savait y trouver du monde.
M. Bertin était le plus faible et le plus crédule des pères ;
cependant il ne manquait pas de cette finesse sans
laquelle il est impossible à un commerçant de faire ses
affaires. Il vit dans la conduite de Marguerite le dessein
marqué d'éviter toute explication avec lui, et des
soupçons, qui s'étaient déjà présentés à son esprit,
revinrent plus fréquents et plus tenaces.

Il se rappela ce qu'avait été Marguerite dans la
maison paternelle, le peu de souci qu'elle avait pris de
lui plaire et de le rendre heureux, la manière dont
elle avait agi envers Lucile, avant et pendant sa ma-

ladie. Il reconnut qu'elle était toute pétrie d'orgueil et d'égoïsme. Il se souvint de son mariage, si vite conclu ; il se dit que le projet en avait été arrêté sans lui, et il comprit que son autorité paternelle n'avait point été respectée. Enfin, en repassant dans sa mémoire les occasions où, depuis cette époque, Marguerite s'était montrée affectueuse pour lui, il compta celles où la jeune femme avait eu besoin de recourir à sa bourse, et il entrevit le rôle de dupe qu'elle lui avait fait jouer.

Il en fut blessé dans sa tendresse, bien plus que dans son amour-propre. Sa souffrance fut si grande, qu'il résolut d'éclaircir ses doutes ; de les avouer à Marguerite, et d'en obtenir le pardon, si, comme il l'espérait encore, ces doutes n'étaient point fondés. Il prit une voiture et se fit conduire en toute hâte chez sa fille. Il devait l'y trouver ; car onze heures venaient de sonner, et Marguerite ne se levait presque jamais avant midi.

M. Bertin fut donc très surpris de la rencontrer en grande toilette, toute prête à monter dans un coupé magnifique, dont l'attelage valait un prix fou.

— J'arrive trop tard, n'est-ce pas ? dit-il ; tu ne pourras pas me donner quelques minutes.

— Oh ! père, quel reproche injuste ! répondit Mme Latour ; j'allais chez toi.

— Oui, oui, tu penses à moi, parce que tu me vois.

— Je te répète que j'allais chez toi. Veux-tu que je te le jure ?

— C'est inutile, je te crois. Quelle somme venais-tu me demander ?

— Pourquoi cette question ? dit Marguerite.

— Parce que, si tu ne me regardes plus comme ton père, tu me fais du moins l'honneur de me prendre pour ton banquier.

C'était la première fois que M. Bertin parlait à sa fille avec un peu de sévérité; mais elle n'était pas femme à se laisser intimider.

— Je ne te reconnais plus, répliqua-t-elle. On t'a indisposé contre moi, cela est certain. Adieu donc, je n'ai plus rien à te dire.

Elle s'élança d'un bond dans sa voiture.

— Est-ce toujours rue Feydeau que madame veut aller? demanda le cocher.

— Oui, répondit M. Bertin en prenant place auprès d'elle.

— Laisse-moi, dit Mme Latour, tu m'as blessée au vif. Il me semble que je ne t'aime plus.

— Mais, Marguerite, je ne t'ai dit que la vérité.

— De mieux en mieux! Descends, j'ai besoin d'être seule pour pleurer à mon aise; car je suis bien malheureuse. Descends, je t'en prie, ajouta-t-elle, en se couvrant le visage de son mouchoir. Tu sais combien je suis vive, je pourrais te blesser à mon tour, et je ne m'en consolerais pas.

— Tu ne peux pas refuser de me conduire jusque chez moi et de me dire ce que tu y allais faire.

— Est-ce bien toi qui me le demandes? N'y a-t-il pas plus de huit jours que je ne t'ai embrassé?

— Si je ne me trompe, il y a plus d'un mois, et tu me permettras de te faire remarquer que tu n'es guère pressée de t'en dédommager.

— Moi, t'embrasser aujourd'hui! J'en serais bien fâchée, tu ne le mérites pas. Va! j'ai grand tort de t'aimer : tu n'es qu'un ingrat.

— A merveille! Je venais t'adresser des reproches, et c'est moi qui les reçois.

— Je ne puis me rétracter, tu n'es qu'un ingrat. Tu en conviendrais le premier, si tu savais pourquoi j'allais te trouver ce matin; mais tu ne le sauras pas.

— Si c'est bien décidé, il faut que je m'y résigne.

— Tu en prends ton parti sans beaucoup de peine. Autrefois tu n'aurais pas fait ainsi.... J'étais ta Marguerite bien-aimée, et l'idée de m'avoir affligée t'aurait mis au désespoir. Aujourd'hui, je ne suis plus rien pour toi. C'est Lucile que tu chéris, Lucile qui te gouverne, Lucile dont les larmes t'émeuvent ou dont le sourire fait ta joie.

— Tais-toi, Marguerite. Lucile seule aurait le droit de se plaindre ; car je te l'ai longtemps sacrifiée.

— Elle prend sa revanche. Ecoute, père, tu me reproches de ne pas aller te voir souvent ; sache que j'en reviens l'âme navrée, parce que je ne puis m'habituer à ce qu'une autre tienne ma place auprès de toi.

— Tu serais jalouse de ta sœur ?

— Je suis jalouse de tout ce qui t'approche. Je t'aime trop pour vivre heureuse loin de toi ; je te préfère à mon mari, et je voulais t'en donner la preuve aujourd'hui. Regarde-moi, père, comment me trouves tu ?

— Mais comme toujours. Allons ! si tu me souris de cette façon, je vais t'embrasser, et la paix sera faite.

— Non, je ne le veux pas. Tu me trouves comme toujours ? Tu ne vois pas que j'ai fait ce matin une toilette ridicule ?

— Non, il me semble, au contraire, que tu es très bien mise.

— Eh ! oui, je suis parée comme une châsse ; ce qui est du plus grand ridicule pour une visite matinale. Mais j'ai acheté hier ces diamants, et je ne voulais pas que personne les vît avant toi. Voilà, méchant père, pourquoi j'allais rue Feydeau. Tu étais si fier autrefois de me voir belle ; aujourd'hui cela t'est si indifférent, que tu ne me remercies même pas.

— C'est qu'il me vient une mauvaise pensée, qu'il

faut que je t'avoue. Tu venais me montrer tes diamants et m'en apporter la facture.

— Quand cela serait ? répondit Mme Latour. Ne dois-tu pas t'estimer heureux de pouvoir me donner ce que mon mari me refuse ?

— Ma chère Marguerite, reprit M. Bertin, tu m'ac-cuseras, si tu le veux, d'aimer Lucile plus que toi. Je l'ai trop longtemps oubliée ; il est temps que je pense à elle. Tu venais chez moi pour me montrer des diamants dont tu désires que je te fasse cadeau ; moi, j'allais te trouver pour t'engager à ne plus compter sur mes libéralités, et pour m'entendre avec ton mari sur le payement de ce qu'il me doit. Sais-tu que je ne l'ai pas vu depuis qu'il est notaire ? Cela prouve ou qu'il est bien occupé ou qu'il n'a plus besoin de moi.

— Ni l'un ni l'autre. Ce n'est plus l'heure de dissi-muler ; et, puisque tu commences à voir clair, je veux te dire toute la vérité. M. Latour n'est pas notaire et il ne le sera jamais. Tes 100,000 fr. ont servi à payer nos créanciers les plus exigeants ; et si tu ne veux pas te charger des autres, nous sommes décidés, mon mari et moi, à passer en Amérique.

— Allons ! Marguerite, ne te joue pas de ton père. Toute plaisanterie a des bornes, et tu ne sais pas le mal que tu me fais en me parlant ainsi.

— Il faut cependant que tu m'entendes ; car c'est la vérité.

— Mais, malheureuse, où veux-tu que je prenne cet argent ? Tu nous as ruinés, moi, ton frère et ta sœur....

— Mon frère.... Ne parle pas de lui. Si vous êtes ruiné, il pourra s'accuser lui-même avant de me faire des reproches.

— Que dis-tu donc ? Paul travaille. C'est lui qui nous soutient, lui qui nous sauvera.

— Vous êtes dans l'erreur : Paul ne travaille pas. Il est jeune, il est riche, il s'amuse.

— Mais c'est lui qui dirige la fabrique ; il y est occupé du matin au soir.

— Il y va de temps en temps, le plus souvent avec vous. Ah ! vous avez mis en bonnes mains vos intérêts et les nôtres.

— Est-il possible, mon Dieu ! Mais non. je rêve, je suis fou. Tout cela est faux, n'est-ce pas, Marguerite ? Tu l'as inventé pour me punir de t'avoir parlé un peu sévèrement aujourd'hui ?

— Rien n'est plus vrai, et c'est vous, vous seul qui êtes coupable de tout cela. Vous nous avez mal élevés, vous nous avez laissé prendre l'habitude du luxe et de la prodigalité, comme si vous aviez à votre disposition une mine inépuisable. Vous avez abandonné la direction de vos affaires, et vous vous étonnez de ce qu'elles soient en mauvais état.

— Mes affaires en mauvais état.... Mon nom déshonoré par une faillite... Ah ! je n'y survivrais pas.

— Eh ! mon Dieu, je ne te parle pas de faillite. Je te demande de l'argent. Tu me dis que tu n'en as pas, que j'ai ruiné Paul et Lucile. Je te réponds que Paul a bien mangé sa part du gâteau, voilà tout.

On arrivait à la porte de M. Bertin. Il descendit de voiture, tout pâle et tout tremblant, courut à son cabinet et ouvrit ses livres, sans s'occuper de savoir si Marguerite le suivait. La jeune femme n'y songeait pas ; elle le laissa entrer seul et donna l'ordre à son cocher de retourner à l'hôtel.

Lucile ignorait que son père fût revenu. Il resta seul, plongé dans ses comptes, jusqu'à l'heure du dîner. Elle appela, elle frappa, M. Bertin ne répondit point ; mais il avait négligé de fermer la porte qui allait de son cabinet à sa chambre. Lucile entra.

— Dormais-tu, père ? lui demanda-t-elle. Je t'ai appelé plusieurs fois, tu ne m'as pas répondu.

— Oui, oui, je faisais un mauvais rêve. Merci de m'avoir réveillé. Paul est-il ici ?

— Tu sais bien, papa, qu'il ne dîne presque jamais avec nous.

— C'est vrai. Il travaille tant.... Allons dîner, Lucile.

M. Bertin se mit à table, mais il ne mangea point, et Lucile inquiète envoya prier M. Dupré de ne pas manquer de venir dans la soirée. Quand le bon docteur n'avait pas de malades à visiter, il aimait à faire une partie de piquet, avant de se coucher. M. Bertin lui tenait tête ; mais ce soir-là, il lui fit dire qu'il était en affaires et regrettait beaucoup de ne pas le recevoir.

Après le dîner, qui fut très court, M. Bertin s'appuya machinalement sur l'épaule de Lucile, et la suivit dans la petite salle où elle se tenait pour travailler.

— Tu es malade, père ? lui demanda-t-elle avec tendresse.

— Non, répondit-il, je me porte très bien.

— Ne me dis pas cela, mon bon père ; je croirais que je t'ai fait de la peine sans le savoir, et que tu veux me punir en me retirant ta confiance.

— Tu aurais tort, Lucile. Il n'y a que toi, mon enfant, qui ne m'aies jamais causé de chagrin. Mais à quelle heure Paul rentre-t-il donc ? Il est tard, la fabrique doit être fermée.

— Veux-tu que je le fasse appeler ?

— On ne le trouverait pas. Dis donc, Lucile, crois-tu que Paul s'occupe autant de nos intérêts que de ses plaisirs ?

— Je n'en sais rien, mon père. Tu es plus que moi capable d'en juger.

— Ceci n'est pas une réponse, ma fille. Quelle opinion as-tu de ton frère ?

— Il est bon, papa ; il a un cœur excellent ; mais il est encore bien jeune. S'il a commis quelque négligence ou quelque étourderie, il faut la lui pardonner. C'est donc lui, père, qui est la cause de ton chagrin ?

— Moi, Lucile, je n'ai pas de chagrin.

— Tant mieux, bon père. Ce n'est donc que de la préoccupation ?

— Oui, je suis un peu préoccupé ; mais ce n'est ni de Paul ni de Marguerite, c'est de toi.

— Oh ! papa, je serais désolée de te causer de l'inquiétude. Dis-moi bien vite ce que je dois faire pour la dissiper.

— Tu crois que Paul est bon, je l'espère aussi ; mais que penses-tu de Marguerite ? demanda M. Bertin, sans répondre à Lucile.

— Marguerite t'aime beaucoup, père. L'as-tu vue ce matin ?

— Je l'ai vue. Crois-tu qu'elle ait un bon cœur ?

— Oh ! n'en doute pas, cher père. Si elle avait été élevée par Mme Lemire ou si elle avait eu Charlotte pour amie, nous serions tous bien heureux.

— Ainsi, selon toi, l'éducation qu'on lui a donnée est la cause de ses défauts ?

— Tout le monde en a, père, et les siens ne viennent pas d'elle.

— Ne t'excuse pas de lui en reconnaître. Elle en a beaucoup, et elle ne cherche nullement à les cacher. Elle a été bien injuste envers toi, Lucile.

— Etait-elle injuste ? Je ne sais ; mais j'étais bien orgueilleuse et bien susceptible. Nous ne pouvions pas nous accorder. Si elle avait des torts, j'en avais aussi. Il y a si longtemps d'ailleurs, que je ne m'en souviens plus.

— Tu travailles, Lucile, que fais-tu donc ?

— Je prépare un vêtement dont le prix est destiné

à un père de famille qui s'est cassé la jambe il y a trois jours.

— Ce n'est pas trop fatigant de coudre depuis le matin jusqu'au soir ?

— Non, ce n'est qu'une habitude à prendre.

— Tant mieux, dit M. Bertin. Tu ne saurais croire quel plaisir tu me fais.

Lucile ne savait à quoi attribuer le décousu de cette conversation. De temps en temps, elle regardait, à la dérobée, son père, puis la pendule ; car elle croyait M. Bertin malade et elle s'inquiétait de ne pas voir arriver M. Dupré.

— Le docteur ne vient pas ce soir, dit-elle enfin. Veux-tu que je fasse ta partie ?

— Merci, ma fille, je ne pense pas à jouer. J'ai fait prier mon ami Dupré de ne pas se déranger.

— Pourquoi donc, papa ? Une partie de piquet te distrairait, et tu me parais avoir aujourd'hui besoin de distraction. Si je te faisais un peu de musique ?

— Non, je suis triste, et la musique me ferait pleurer

— Ah ! tu es triste, voilà que tu en conviens, et tu ne veux pas me dire quel est le sujet de ta tristesse.

— Tu le connaîtras toujours assez tôt.

— Il n'est rien arrivé de fâcheux à ma sœur, n'est-ce pas ? C'est depuis que tu l'as vue que tu es si préoccupé. Serait-elle donc malade ?

— Si elle était malade, que ferais-tu ?

— Tu me le demandes, père ? Tu sais bien que j'irais la soigner.

— Non, non, tu ne lui dois pas plus qu'elle n'a fait pour toi.

— C'est donc vrai, papa : elle est malade ? reprit Lucile, en se levant.

— Où vas-tu ? Elle se porte à ravir. Elle était ce

matin radieuse comme un soleil. Elle portait pour la première fois des diamants magnifiques. Elle venait me voir pour me les montrer.

— C'est une attention de sa part ; mais elle n'est pas venue. Tu l'as donc rencontrée ?

— Oui, dans sa cour. J'ai congédié ma citadine, et ta sœur m'a ramené dans un coupé tout neuf, attelé de deux chevaux de toute beauté. Il faut qu'elle soit riche, ta sœur, pour faire de semblables dépenses.

— Elle a ce que tu lui as donné, père.

— Tu crois cela, Lucile, tu te trompes : elle n'a plus que des dettes. Elle m'a demandé tantôt de l'argent pour les payer.

— Voilà ce qui t'a contrarié. Il faut lui venir en aide, encore cette fois, bon père ; ce sera la dernière, puisque M Latour travaille.

— M. Latour ne travaille pas ; il ne travaillera jamais. Tu veux savoir ce qui m'attriste, Lucile : c'est mon injustice envers toi. Marguerite a dissipé plus de la moitié de ma fortune, et je tremble que Paul n'en ait largement entamé l'autre moitié. J'ai été faible, j'ai été aveugle. Je devais tenir la balance égale entre vous tous ; j'ai manqué à ce devoir, je suis un mauvais père....

— Toi, un mauvais père. Ne parle pas ainsi, tu me fais trop de mal.

— Lucile, va donc voir si Paul est revenu. S'il l'est, amène-le-moi.

La jeune fille, toute bouleversée par ce qu'elle venait d'apprendre, alla frapper à la porte de son frère.

— Qui est là ? demanda Paul.

— C'est moi, Lucile. Ouvre ; j'ai à te parler de la part de mon père.

— Il est trop tard. Va te coucher ; bonsoir !

— Ouvre-moi, Paul. Il faut que je te voie ce soir. Il s'agit de choses de la plus grande importance.

— Que c'est insupportable ! On ne peut donc être tranquille chez soi ? Que veux-tu ? dit Paul en faisant entrer sa sœur.

La chambre était pleine de fumée. Paul avait encore la pipe aux lèvres, et sur sa table s'élevait la flamme bleuâtre d'un bol de punch.

— Puisque te voilà, tu en prendras un verre, dit le jeune homme. J'aime mieux cela que de boire seul. Mais je voulais me consoler. J'ai eu ce soir la plus mauvais chance.... j'ai perdu 3,000 fr. sur parole, après en avoir déjà payé presque autant. Je ne suis pas heureux depuis quelques semaines.

— Paul, répondit Lucile, je crois que mon père se doute de tout cela. Il a eu ce matin une entrevue avec Marguerite ; il sait qu'elle a des dettes ; il suppose que tu en as aussi, et il veut te voir à l'instant.

— Dis-lui que je suis absent, que je suis malade, que j'ai la fièvre. Non, plutôt une extinction de voix.... que je ne pourrai rien lui dire ce soir ; qu'il attende à demain. Allons, va, petite sœur, et fais bien la commission.

— Non, répliqua Lucile, je ne la ferai pas. D'abord ce serait mentir ; puis je ne laisserai pas mon père dans l'état où il est. Viens, Paul, il le faut absolument.

— Diable ! voici le quart d'heure de Rabelais. Lucile, tu devrais bien te charger de ma confession.

— Mon père a donc deviné juste ?

— Il s'en faut, je t'en réponds, s'il croit que j'ai dépensé mal à propos quelques milliers d'écus.

— Il redoute un plus grand malheur : il juge sa fortune gravement compromise.

— Et il est furieux contre moi ?

— Il n'a de colère que contre lui-même, si toutefois on peut appeler de la colère une douleur et des remords comme les siens. Paul, tu es bien coupable ; car notre père est bien malheureux.

— Il n'est donc pas rentré, Lucile? demanda M. Bertin d'une voix impatiente. Qu'on aille le chercher à la fabrique, au cercle, au théâtre, n'importe où.... mais qu'on le ramène, qu'on le ramène tout de suite ! Je veux le voir.

— Le voici, père, cria Lucile, en prenant son frère par la main et en l'obligeant à la suivre.

Elle le fit entrer dans la chambre, où son père se promenait avec une agitation extrême, et, le forçant à s'avancer, elle se mit à genoux devant M. Bertin. Paul l'imita et fondit en larmes.

— Mon père, dit Lucile, pardonnez à vos enfants tout le chagrin qu'ils vous ont causé.

— Toi, Lucile, je te bénis, répondit-il, en la relevant et la pressant sur son cœur. Mais lui....

— Mon père, dit Paul, j'ai abusé de votre confiance. Je suis un misérable. Pardonnez-moi, je vous en supplie.

— Où sont vos livres ? demanda M. Bertin. Je ne parle pas de ceux de mon cabinet ; car ils sont faux, ceux-là. Où sont les autres ?

— Je n'en ai pas, répondit Paul ; mais je connais la situation de nos affaires.

— Un mot, un seul, et surtout ne mentez pas. C'est mon arrêt que vous allez prononcer. Suis-je, oui ou non, à l'abri de la faillite ?

— Oui, mon père, je vous le jure.

— S'il en est ainsi, je puis vous pardonner, moi ; mais Lucile, dont vous avez détruit l'avenir, Lucile que vous avez ruinée....

— Mon père, dit-elle, je n'ai rien à pardonner. Si Paul m'a ruinée, il travaillera pour m'enrichir. Il est jeune ; il s'est laissé entraîner par de mauvais conseils ; désormais il ne suivra plus que les vôtres, et le mal qu'il a fait sera bientôt réparé.

— Merci, Lucile ! répondit Paul. Tu pouvais m'accabler et tu me consoles. Si j'oubliais ta noble conduite, je serais le plus lâche de tous les hommes.

— Tu as du cœur, dit la jeune fille, je suis tranquille.

— Je ne l'ai guère prouvé, répliqua Paul ; mais aucun effort ne me coûtera pour me relever à tes yeux et à ceux de mon père.

— Tu l'entends ! dit Lucile à M. Bertin. Va, père, console-toi ; tout est sauvé.

M. Bertin soupira : il pensait à Marguerite. Il y pensa toute la nuit, car le sommeil ne vint pas un instant calmer ses remords et ses inquiétudes. A peine levé, il chercha Lucile et ne la trouva pas ; mais on lui apprit qu'elle était sortie depuis une heure, avec son frère.

Paul avait promis de grand cœur de se mettre au travail ; mais l'oisiveté use les ressorts de l'âme, et Lucile n'était pas bien sûre qu'il trouvât en lui-même assez d'énergie pour se mettre résolument au travail. Elle s'était donc engagée à l'accompagner à la fabrique et à commencer avec lui le relevé des comptes qui devaient établir leur situation.

— Il faut que mon père sache au plus tôt toute la vérité, lui dit-elle, et qu'en voyant ton exactitude, il prenne confiance en ta parole.

Vers dix heures, elle quitta Paul et se rendit chez Marguerite. Une discussion très vive s'était élevée entre la jeune femme et son mari, peu d'instants avant l'arrivée de Lucile.

— Ainsi, disait Marguerite, vous me laissez ici, monsieur ; vous ne voulez pas que je vous suive ?

— Eh ! ma chère, que ferais-je de vous ? Un voyage en Californie n'est pas une partie de plaisir. Que deviendriez-vous pendant la traversée ? Nous mourrions tous deux à la peine : vous, de l'ennui que vous éprouveriez ; moi, du chagrin d'écouter vos plaintes et vos reproches.

— Pensez-vous donc que je ne sache pas souffrir sans me plaindre ?

— Je le crains ; et comme j'ai besoin de tout mon courage, je ne veux pas m'exposer à le perdre. D'ailleurs, ma chère, si nous arrivions là bas sans encombre, je serais plus embarrassé de vous que pendant la traversée. Je n'aurais pas d'hôtel à vous offrir, pas d'équipage, pas de cachemires ni de diamants.

— J'emporterai les miens.

— Vous vous trompez. Je les ai vendus pour payer mon passage et mes premiers frais d'établissement. J'ai pensé qu'en bonne épouse, vous renonceriez au monde et à la toilette pendant l'absence de votre ami, et que, par conséquent, ces brimborions vous seraient inutiles. Si je reviens, je serai riche et je vous rendrai au centuple ce que je vous enlève aujourd'hui.

— Mais ma dernière parure, je la dois.

— Tant pis pour le joaillier qui vous l'a fournie. Il produira sa facture et il sera payé, comme les autres, à 50 ou à 60 pour 100 de sa créance.

— Vous ne serez pas là pour subir cette humiliation ; c'est pourquoi vous en prenez si gaiement votre parti.

— Vous n'y serez pas non plus. Je vous engage à laisser vos créanciers se débattre et à retourner tranquillement chez votre père. Il vous aime ; il ne vous repoussera pas.

— Oui, il m'aime, malgré mes torts ; mais vous, monsieur, vous ne m'aimez pas. Pourquoi donc m'avez-vous épousée ?

— Vous étiez riche, vous étiez belle, et votre caractère bizarre, votre humeur frivole ne me déplaisaient pas trop. Mais pour qu'un mari s'attache sérieusement à sa femme, il faut qu'elle possède d'autres avantages que la fortune et la beauté. Il faut surtout qu'elle n'ait pas de ces défauts qui, si légers qu'ils paraissent au premier abord, deviennent un véritable supplice pour celui qui est condamné à les supporter.

— Vous êtes bien sévère, Eugène.

— Je suis juste, Marguerite. Qu'avez-vous fait, dites-le-moi, pour m'inspirer de l'estime, de l'affection, du dévouement? Vous aimez le monde, vous avez vécu pour le monde. Le luxe, les fêtes, les plaisirs vous occupaient sans cesse, et je ne sais si vous m'avez jamais entretenu de choses plus sérieuses que vos dentelles et vos rubans. Avec une autre femme, j'aurais pu me créer une position, avoir un intérieur paisible et modeste, vivre en honnête homme; en un mot, être heureux. Vous m'avez communiqué votre folie, et me voici réduit à m'expatrier, avec la honte d'avoir dissipé ce qui vous appartenait et de laisser derrière moi des créanciers, qui flétriront le nom de mon père. Vous voyez, Marguerite, si je puis vous regretter.

— Vous avez attendu bien tard pour me parler ainsi.

— Non, madame. Il y a longtemps que je vous ai tenu, pour la première fois, ce langage Vous en avez ri, et si vous y prenez garde aujourd'hui, c'est que les circonstances donnent à ma parole un peu plus d'autorité.

— Il fallait insister, monsieur; il fallait vous faire craindre; il fallait être le maître.

— Vous m'auriez regardé comme un tyran, ou vous m'auriez tourné en ridicule. J'ai tout essayé, Marguerite, et c'est pour cela que je vous quitte. Epargnez-moi la vue de vos larmes; elles ne changeraient rien à ma décision. Si vous tenez à votre mari, comme vous voudriez me le persuader, votre conduite le prouvera; et quand je reviendrai, si je reviens, nous nous reverrons. Adieu, Marguerite! L'heure s'avance, il faut que je parte. Embrassons-nous, et ne me gardez pas rancune des vérités que je vous ai dites. Le fiel que je pouvais avoir dans le cœur s'en est allé avec mes paroles; je n'ai plus rien contre vous, et je désire que vous soyez heureuse. Adieu !

M. Latour n'était pas aussi ferme qu'il voulait le paraître. Il s'enfuit pour que Marguerite ne vît pas ses yeux humides, et peut-être aussi parce qu'une nouvelle prière eût suffi pour le retenir. Il rencontra Lucile dans le vestibule.

— Mademoiselle, lui dit-il, je pars pour un voyage qui sera peut-être long Je vous confie Marguerite.

Il partit sans attendre la réponse, et Lucile courut au salon, où l'appelaient les sanglots de Marguerite.

— Il me quitte, il m'abandonne ! .. s'écria la jeune femme, en apercevant sa sœur. Va vite, Lucile, rappelle-le, je t'en supplie.

Le bruit des roues qui brûlaient le pavé de la rue apprit à Lucile que ses efforts pour rejoindre M. Latour seraient inutiles.

— Il reviendra, dit-elle à sa sœur. Pourquoi te désoler ainsi ?

— Non, il ne reviendra plus.... Ah ! Lucile, que je suis malheureuse !

Le cœur de Marguerite débordait ; elle raconta à sa sœur la scène qui venait d'avoir lieu entre elle et son mari. Lucile pleura avec la jeune femme et parvint, à force de caresses et de tendres paroles, à lui rendre un peu de calme et d'espoir.

— Tout n'est pas perdu, lui dit-elle. Il te reste un père, un frère, une sœur qui te chérissent et qui mettront tous leurs soins à te consoler. Quittons cette maison, où il n'y a plus pour toi que de tristes souvenirs.

— Oh ! oui, fuyons, interrompit Marguerite. Rien de ce qui est ici ne m'appartient plus. Tout à l'heure nos créanciers vont se disputer ces meubles, ces tableaux, ces bronzes, ces bijoux, tous ces objets que j'ai tant aimés.

— Pauvre Marguerite, que je te plains ! dit Lucile, en l'entraînant.

La voiture qui venait de conduire M. Latour au chemin de fer rentrait dans la cour de l'hôtel ; mais Lucile fit signe à un fiacre qui passait de s'approcher de la grille.

— Monte, dit-elle à sa sœur.

Marguerite fit un mouvement pour appeler son cocher.

— Monte, je t'en prie, répéta Lucile.

La jeune femme obéit ; mais une nouvelle explosion de sanglots fit voir à Lucile avec quel regret Marguerite renonçait à son opulence.

M. Bertin était à sa fenêtre quand le modeste véhicule s'arrêta devant sa maison. Il en vit descendre les deux sœurs, et il accourut au-devant d'elles.

— Mon père, lui dit Lucile, voici ta fille aînée, voici la maîtresse de la maison.

— Que dis-tu ? demanda M. Bertin. Où donc est ton mari, Marguerite ?

— Il est parti pour un voyage qui durera peut-être quelques mois, répondit Lucile. Il nous confie sa femme et nous charge de la consoler.

— Où est-il allé ? reprit le négociant, plus inquiet qu'il ne voulait le paraître.

— Au Havre, d'où il compte s'embarquer pour l'Amérique. Il espère y rétablir ses affaires et venir en-suite s'acquitter envers toi, mon bon père.

— Eh bien ! il a pris le parti le plus sage. Ne pleure pas, Marguerite. S'il n'avait pas pensé à ce voyage, tu aurais dû le lui conseiller. Tu es ici chez toi, ma fille, ajouta-t-il ; mais la maîtresse de la maison, c'est Lucile, car je suis trop pauvre à présent pour te permettre d'y donner des ordres.

— Nous redeviendrons riches, reprit la jeune fille. Quand nous le serons, je remettrai mes pouvoirs à Marguerite. D'ici-là je ne lui demande que de se laisser aimer, servir et soigner,

Ce fut, en effet, pendant plus de six semaines, l'unique occupation de Marguerite. Elle avait été tellement gâtée par son père, tellement adulée dans le monde, qu'elle se persuadait que tous les égards lui étaient dus. La sévère leçon que son mari lui avait donnée ayant rempli son cœur d'amertume et de dépit, elle croyait que chacun devait s'étudier à lui faire oublier son chagrin, et elle ne daignait même pas témoigner la moindre reconnaissance à M. Bertin ni à Lucile.

Son égoïsme était si grand, si absolu, qu'elle ne s'était point occupée de ce que faisaient les créanciers de M. Latour ; mais Lucile y avait pensé et elle avait prié Mme Lemire, qui avait conservé de nombreux amis, toujours prêts à lui être agréables, de prendre les mesures nécessaires pour que M. Bertin ne fût point instruit de la situation des affaires de son gendre. Tout s'arrangea par leur entremise. Les créanciers reçurent environ la moitié de ce qui leur était dû, et la promesse formelle que Mme Latour s'acquitterait plus tard intégralement envers ceux qui ne se seraient point adressés à son père.

De son côté, Paul consultait sérieusement ses livres de commerce, et il reconnaissait avec effroi que si Marguerite eût tardé de quelques semaines encore à donner l'éveil à M. Bertin, le nom de ce digne négociant eût été déshonoré par une banqueroute. De toute sa fortune laborieusement amassée, il ne restait presque plus rien. Paul avait promis de la reconstruire ; mais l'oisiveté et les folles dissipations lui avaient créé des habitudes avec lesquelles il ne pouvait rompre sans secousse et sans souffrance. Lucile eut besoin de soutenir, d'encourager, de ranimer son frère, afin qu'il ne renonçât pas à ses résolutions.

Elle ne lui parlait pas de la nécessité de travailler, Paul la connaissait. Elle ne faisait jamais aucune allusion à ses torts, pour lui inspirer le désir de les réparer. Elle le remerciait tendrement de ses efforts, et elle l'entretenait de la joie qu'il éprouverait le jour où M. Bertin, en constatant les résultats, pourrait lui dire :

— Paul, je suis content de toi.

Elle avait obtenu, non sans peine, que son frère restât maître de diriger la fabrique, que M. Bertin ne lui retirât point l'autorité, et qu'il n'exerçât qu'une surveillance tout amicale sur les opérations du jeune homme. Elle avait compris, en s'interrogeant elle-même, que c'était le seul moyen de relever Paul à ses propres yeux et de lui donner la force de rompre entièrement avec le passé.

Lucile n'agissait pas envers Marguerite comme envers Paul. Elle ne se permettait ni un encouragement ni un conseil ; elle se contentait de prêcher d'exemple. Levée de grand matin, elle s'occupait des soins du ménage, avec la seule domestique qu'elle eût conservée ; elle faisait les provisions, réglait les dépenses de la journée, et préparait elle-même, à peu de frais, les quelques superfluités dont elle voulait épargner la privation à son père et à sa sœur. Elle faisait tout cela si lestement, que, quand Marguerite s'éveillait, elle était à sa disposition ; et jamais Mme Latour n'avait eu de femme de chambre plus intelligente ni plus dévouée.

Marguerite aimait toujours la toilette. Quoiqu'elle ne sortît pas, qu'elle ne reçût personne, elle mettait beaucoup de temps à se parer, et elle souffrait de ne pouvoir renouveler à chaque instant ses robes et ses chiffons. Lucile, dont les goûts étaient devenus fort simples, avait des étoffes en pièces, des dentelles, des bijoux qu'elle n'avait jamais portés ; elle donna tout à sa sœur, non pour entretenir en elle une vaine coquetterie, mais pour lui prouver qu'elle l'aimait de tout son cœur.

Marguerite ne sortait guère de sa chambre avant l'heure du déjeuner ; mais elle passait l'après-midi avec Lucile. Seulement, au lieu de travailler, comme elle, soit au linge de la maison, soit à quelque ouvrage d'utilité ou d'agrément, elle soupirait, bâillait, ouvrait un livre, descendait au jardin, et revenait effeuiller dans le salon les fleurs qu'elle y avait cueillies. Quelquefois elle se mettait au piano ; elle jouait de mémoire les morceaux qu'elle savait, et ne pouvait se décider à en étudier de nouveaux.

Un jour que Marguerite, encore plus ennuyée que de coutume, regardait sans les voir les rosaces du tapis, qu'elle frappait d'un pied impatient, Charlotte entra, tenant dans ses bras des flots de mousseline blanche.

— Lucile, dit-elle, nous faisons les robes des communiantes pauvres, Mme Lemire t'en envoie deux.

— Remercie-la pour moi, répondit Lucile, et dis-lui qu'elles seront bientôt faites. Ma sœur m'aidera. Tu y consens, n'est-ce pas, Marguerite ?

— Soit, dit Mme Latour, qui commençait à trouver les journées bien longues. Restez avec nous, mademoiselle, ajouta-t-elle en s'adressant à Charlotte. Je suis sûre que cela fera plaisir à Lucile.

Charlotte resta. Elle fut si gaie, si aimable, si gracieuse, que Marguerite travailla jusqu'au dîner sans avoir un instant d'ennui. Charlotte revint le lendemain, et les deux robes furent achevées.

— C'est dommage, dit Marguerite. Cela m'amusait.

— Nous en avons encore d'autres, répliqua Charlotte.

Pendant huit jours, Mme Latour cousit avec autant d'ardeur que les deux jeunes filles, sans prendre garde aux nombreuses piqûres qui tachaient ses jolis doigts. Les robes blanches étaient finies. Lucile ne demanda pas à sa sœur s'il lui plaisait de continuer à travailler. Elle mit entre elles deux sa corbeille à ouvrage ; puis, profitant de l'absence de Charlotte, elle raconta tout ce qu'elle lui devait, et elle avoua franchement les torts qu'elle avait eus envers la pauvre orpheline.

— Tu n'as donc pas toujours été bonne ? dit Marguerite, frappée de cette confession.

— Oh ! non, répondit Lucile. Je ne travaille à le devenir que depuis que je connais Charlotte. J'étais bien la plus égoïste et la plus orgueilleuse petite personne qu'on pût voir. Il me semble, Marguerite, que tu en sais quelque chose.

— Que dirai-je donc de moi ? demanda Marguerite. Veux-tu, Lucile, que nous ne parlions jamais du passé ?

— Oui, je le veux. L'avenir est devant nous ; il peut être encore beau ; c'est à l'avenir qu'il faut penser.

— Oh ! pour moi, Lucile, tout est fini.

— Que dis-tu donc, Marguerite ? La paix du cœur et la tendresse d'une famille ne doivent elles pas faire oublier bien des chagrins ?

— Puis-je avoir la paix du cœur, Lucile ? Quant à votre tendresse, elle me pèse, parce que je ne la mérite pas.

— Oh ! dès aujourd'hui tu en es digne, ma chère Marguerite, dit M. Bertin, qui, sans être vu, avait assisté à cet entretien.

Un tel aveu sur les lèvres de la jeune femme devait être suivi d'un grand changement dans son caractère et ses habitudes. Ce changement ne se fit pas attendre, et quand Mlle Bertin vint, à l'entrée de l'hiver, reprendre sa place dans la maison de son frère, le négociant lui dit, après l'avoir instruite de toutes ses tribulations :

— Maintenant, je suis le plus heureux des pères ; car j'ai retrouvé mes deux filles, et mon fils est devenu un honnête homme.

Huit mois plus tard, c'était la fête de Marguerite. Lucile avait invité à la table de famille Mme Lemire, Charlotte et le bon docteur Dupré. Au moment où l'on se réunissait, Mlle Bertin entra, donnant le bras à un convive sur lequel Marguerite ne comptait pas.

— Mon frère, dit-elle, je te présente M. Latour, notaire à Versailles, qui vient te redemander sa femme.

M. Latour n'avait pas quitté la France. Au lieu d'aller chercher bien loin une fortune douteuse, il était entré chez un notaire et s'était mis sérieusement au travail. M. Dupré, qui l'y avait reconnu par hasard, en avait informé Lucile ; et celle-ci, ayant, par l'entremise du docteur, obtenu les meilleurs renseignements sur la conduite de son beau-frère, avait décidé Mlle Bertin à lui avancer les fonds nécessaires à l'acquisition d'une étude.

— Lucile, notre bonheur est ton ouvrage, dit Marguerite, en passant des bras de son mari dans ceux de sa sœur.

— Non, répondit Lucile. C'est Charlotte qui a tout fait, par ses conseils et par son exemple ; aussi je reconnais qu'une véritable amie est un précieux trésor.

FIN.

Rouen. — Imp. MÉGARD et Ce, rue Saint-Hilaire, 136.